GOBOOKS
& SITAK
GROUP©

GOBOOKS
& SITAK
GROUP©

朧月書版

朧月書版

Author

夕映月子

illustration

アヒル森下

Presented by
Tsukiko Yue with Ahiru Morishita

Contents

Plants shop

Presented by
Tsukiko Yue with Ahiru Morishita

mr.d
夕映月子
illustration
アヒル森下

1

流水聲淅瀝淅瀝響起，溼潤的空氣以及清冽的綠意氣味。大型觀葉植物自由自在伸展綠葉，幾乎要碰到挑高的天花板。在這空間中，就連軌道燈投射而下的白色光線也被染成一片沉穩綠意。「Plants shop 花日和」是家稍微不同的花店，主要販售觀葉植物、空氣鳳梨、多肉植物、沼澤缸以及苔蘚生態瓶等商品。

下午一點，日和正在設置於店內正中央的工作檯製作花籃。

預算兩萬日圓。顧客的要求是「綠色主調，藝術家風格的花籃」，要送到一位年過二十五歲的男性舞臺劇演員的休息室，贈送花籃的女性是他的粉絲。

（會來委託我們店做花籃，品味還真不錯呢。）

日和不禁輕笑出聲。身為花店，他對待植物的方法有自己的堅持，也對此相當自負。特別是這個委託，日和非常確定絕對能讓客戶滿意。

「哇，是霸王鳳和海神花的花籃啊，真是豪華呢。」

送走顧客回到店裡的店員加藤，看見日和手邊的花籃後驚嘆。

霸王鳳是觀葉植物「空氣鳳梨屬」的一種。不太需要澆水，生命力強韌且生命週期長。在受忙碌現代人歡迎的空氣鳳梨中屬於大型植物，葉片和緩彎出曲線重重交疊的造型，以及帶銀的色澤很美，相當受歡迎。雖然把空氣鳳梨用來製作花束或花籃並不常見，但日和相當擅長運用。

「完成了。」

日和從工作檯往後退一步，觀看整體的感覺。

這是活用霸王鳳野性卻也優美且豪華的感覺製作出的花籃，搭配兩朵白色海神花，以及白綠色中帶點粉紅的瑟露花做出主調，再點綴尤加利樹、法絨花以及銀葉灌木。就完成了這個擁有美麗綠意與銀白，充滿藝術風格的花籃。

「哇～超酷的耶。」

毫不害臊自稱日和粉絲的加藤邊讚嘆邊拿起單眼數位相機拍照，這是為了要向客戶回報以及把照片刊載在花店的社群網站上。非常多喜歡觀葉植物及南半球本土植物花藝的人都是日和製作的花籃及花束的粉絲。花店上傳沼澤缸或苔蘚生態瓶製作影片的YouTube頻道也搭上近年的「療癒系」風潮，不知不覺中創造出花店罕見的頻道訂閱人數。限量接受訂製的沼澤缸訂單不曾間斷，既成品的網路販售總是上架當天即售罄，相當受歡迎。

「我回來了～哇，超棒！這個霸王鳳的花籃超級帥氣的耶！」

外送壁掛花藝到附近麵包店的工讀生嶋回來了。她是附近美術大學的大二生，入學典禮當天經過花店時對店裡的擺設一見鍾情，便自告奮勇上門當工讀生，至今已經滿一年了。她也站在加藤身邊，拿起自己的手機拍花籃。

「嶋，妳才剛回來真的很不好意思，等拍完照之後，可以請妳包裝起來然後去送貨嗎？」

日和邊遞出印上短語的卡片邊說，但嶋搖搖頭：

「不好意思，我之前已經拜託過了，今天要提早下班。」

「咦？啊，對耶，妳之前提到的舞臺劇，今天是首日公演啊？」

「沒有錯～今天是要去看《疾走王子》的日子～」

深陷二點五次元舞臺劇魅力的她，自從搶到公演首日的門票後，再三提醒日和替她把今天傍晚之後的班表排開。因為從很早前就不停強調，日和自以為已經記住，反而因此完全忘了這回事，這麼說來確實是今天呢。

「對不起，我忘掉了。那加藤，可以麻煩跑一趟嗎？」

加藤從數位相機的螢幕抬起頭，露出稍微思考的表情。

「要送到哪裡？」

「送到藝劇，有其他預定的事情嗎？」

「對不起，接下來有個苔蘚生態瓶製作體驗的預約耶……」

加藤回答時，站她身邊的嶋隨意瞄了一眼送貨單，接著驚喊：「什麼，真的假的啊！」這震耳驚呼讓日和停下調整花籃的手，轉過頭看她。

「嚇我一跳，怎麼了？」

「這花籃是要送給清住章吾的嗎?!」

「什麼喔喔喔！」

這次輪到站日和對面的加藤嚇得差點弄掉相機，日和忍不住輪流看了她們兩人的臉。

「咦，什麼，妳們倆都是他的粉絲嗎？」

清住章吾。平常會看電影及電視劇的人絕對認識的當紅演員，大概因為有四分之一外國血統，他充滿魄力的完美容貌，以及天賜的身形，幾乎可說是超越小螢幕能容納的規格。他以自小在舞臺劇鍛鍊出的演技為武器，長年以舞臺劇表演為中心活躍，自從十年前飾演一齣掀起風潮，引起社會現象的電視劇第一男配角，正式踏入電視圈後，也成為電視、電影爭相邀約的演員。

「雖然不是從首日看到最後一天，所有場次都參與的瘋狂粉絲，但我很喜歡清住章吾喔。明明是超級帥氣，能用技壓群雄的演技把人揍得體無完膚的演員，但私底下完全不擺架子，在綜藝節目上很親和，訪談也充滿服務精神，也毫不歧視地親切對待悠翔他們二點五次元的演員，超溫柔的！」

嶋如此極力強調，加藤也「嗯嗯。」在旁用力點頭。

「不管從哪個角度看都是一流男子漢，但他的表情、說話方法和言行舉止都充滿溫柔，這點超棒。應該很少見二十幾歲的男生擁有那種成熟男人的氛圍吧？然後他的笑容超級無敵可愛，和多如過江之鯽的偶像演員完全不同等級。」

「嗚，雖然很不甘心，但我懂！」

她們講得意氣相投，日和完全跟不上兩人的話題。

「對不起，我完全不知道。如果知道加藤這麼喜歡他，就應該把花籃交給妳來做才對。」

日和一說，加藤搖搖頭說：

「在說什麼啊。清住章吾喜歡觀葉植物這件事可是相當有名耶，他也常常把別人送的、新買的觀葉植物，或開花時的照片上傳到社群帳號。委託日和店長製作花籃的客人，也是想要把你製作的花籃送給清住章吾才來委託的，怎麼可以讓我來做啦。」

「可是我很喜歡妳做的花籃耶。」

日和如此說，她稍微害羞起來。

「謝謝你，但這工作果然只有日和店長做得來。」

「是這樣嗎？」日和歪歪頭。花束及花籃確實都會表現出製作者的品味與個性，但一起在這家店工作兩年，加藤的技術和品味也逐漸追趕上日和了。

「啊，但既然如此，還是讓妳去送貨吧？苔蘚生態瓶的製作體驗課換我來。」

日和說完後，加藤稍微苦笑：

「不了，不用啦。我確實是粉絲，但問想不想要見到工作時間外的本人，好像也不是……」

「咦，為什麼啊?!如果不是今天，我就絕對要去送貨！」

嶋大聲驚叫「搞不懂妳」，日和也不太懂。面對兩人的視線，加藤臉上的苦笑也更深了。

「因為那種大肆散發alpha氣場的人，感覺就不是真實存在，讓人多有畏懼啊……那種人就是要隔著電視或電影畫面看才好，實際出現在面前會讓我無法直視，眼睛會瞎掉。」

加藤這番見解讓日和不禁噴笑，怎麼會用「不是真實存在」、「眼睛會瞎掉」來講一個活生生的人啦……但實際上，或許正是如此。

「啊，清住章吾果然是alpha啊？」

「不知道，但如果他不是alpha，那全日本都找不到alpha男人了吧。他不是妳喜歡的櫻井悠翔那種顯而易見閃閃發亮的類型，言行溫和所以隔著螢幕也不會有壓迫感，但身材高大還有那張讓人想膜拜的容貌耶，要是出現在面前絕對會被他的氣場嚇倒。」

「啊，說的也是耶～那果然就是alpha大人會有的氣場～」

日和保持一段心理距離，在旁聽著兩人熱烈的對話。

Alpha——僅占世界人口約五%，全能的菁英人種。無論男女都有豔冠群芳的容貌與體格，頭腦聰穎、運動細胞發達、富含領袖特質，是天選之人。和日和這些占世界人口絕大多數的beta，以及演化成特別容易受孕的omega，人類又分為這三種性別。

一般認為將生殖性別拿上檯面談論是違反道德倫理的行為，但就跟清住一樣，有許多人一眼就能分辨出是alpha或omega。更別說藝人了，常可見女性雜誌或是資訊節目把生殖性別當作公開的祕密拿出來談論。其中甚至有性感藝人公開表態是omega，並把這當作賣點。

「但不覺得有點憧憬嗎？高高在上的alpha大人。」

這麼說起來，嶋最喜歡的演員也謠傳是alpha。看著眼睛因為憧憬與妄想而閃閃發亮的她，加藤果然還是露出苦笑。

「哎呀，年輕時可能還會做那樣的夢，但alpha選擇的對象最終不是omega就是alpha啊。不管怎樣，和我們beta就是不同世界的人。更別說藝人了，連時空都不同了吧。」

「時空也太誇張。」

日和再度噴笑，但日和也偏向贊同加藤的意見。

「哎呀，結果beta或許可說是最後贏家吧。既不需要承擔菁英壓力，也沒有發情期，最重要的是壓倒性多數。只要好好工作，就能擁有普通的幸福生活，這樣就夠了。」

嶋對著日和這句話抱怨「太沒夢想了吧……」。加藤邊拍她的肩膀，邊對日和說：

「所以說，不好意思，如果跑一趟藝劇，預約課絕對會遲到，所以就請日和店長親自去送貨吧。」

他們基本上是店長與店員的關係，但日和特地把加藤從雙親經營的花卉盤商挖角過來，兩人之間不太有上下之分。加藤笑著把包裝好的花籃和車鑰匙遞給日和，把他趕出花店。

「……傷腦筋了。」

日和看著手上的花籃，卡片上「清住章吾先生」的字樣，不由分說闖進視野中。

（我也有點不想直接見到他……）

雖然是送花到休息室去，並非直接交給演員本人。大多都是交給工作人員就解決了，見到演員的可能性很低。雖然理智上明白，還是會不禁想像。日和裝作沒發現些許的——真的只有些許胸口發疼的痛楚，坐上花店的車。

解開隨意在後腦杓綁成束的頭髮，發動引擎。放在副駕駛座上的花籃散發出清新香氣，這是日和從肺部乃至於全身肌膚皆無比熟悉的鮮花氣味。

過去，曾有個人用「甜香」來表現這個氣味。

清住章吾。現在提起「年輕實力派演員」，絕對會最先舉出這個名字，而日和也對他十分熟悉。

*

日和在國一時，認識了清住章吾這個人。那是一所以「從幼稚園起貫徹一生學習」為教育理念，可從幼稚園一路直升到大學的一貫式私立學校。日和進入附屬國中就讀時，大他一屆的清住已經小有名氣了。

他有號稱「寫出的電視劇絕對會紅」的知名編劇父親，以及處於半退休狀態仍盡享「美女演員」稱號的日美混血兒母親。出生於星光熠熠的演藝家族，清住本人也從小就以童星身分站上舞臺表演，在第二性徵尚未明確時，已經任誰都能看出是alpha中的alpha。

在社團招攬新生的活動上，清住以學校賣點的話劇社主角身分現身舞臺時，深深吸引了日和的眼光。

（哇，這個人是怎麼回事。）

站在聚光燈正中央的清住，儘管才國二，卻比舞臺上任何一個人還高大、充滿男子氣概，那美貌有著令人難以別開視線的華美。

（好驚人，閃閃發亮耶。）

如此注視著他，日和感覺身體深處開始泛疼，無意識地壓住胸口。心胸嘈雜不堪，有種類似尷尬的亢奮，卻又無法別開目光。

短短十分鐘左右的短劇中，只能眼神痴醉地追著他跑。大概不只日和，大半新生都是如此。

短劇結束後，社長上臺致詞力邀新生加入社團，清住站在他背後像在尋找什麼，看向注視著他的學生們。

（咦？什麼？）

日和如此思考時，和他對上眼。

（哇。）

那個瞬間，他咧嘴一笑——日和產生這種感覺，但不是很確定。日和身邊的所有學生都同樣感覺「他和我對上眼還笑了耶」而無比興奮。

（哇，蠢蛋，騙人的吧?!）

日和對自己突然大肆喧囂的心臟不知所措，臉頰好燙。胸口深處搔癢，湧起想要用力抓癢的衝動。清住大概沒什麼特別意思，但他的笑容成為最後一擊。

（騙人的吧……）

標準的一見鍾情。但日和並沒有「想和他交往」、「想要告白」這類不知天高地厚的想法。

日和與清住同為男性且是beta，既不像omega一樣，擁有能和alpha結合的特殊生殖能力，也非同性戀。他的初戀是小五時同班的女生，情人節那天收到對方送的巧克力而喜歡上她，從白色情人節那天開始交往，但升上六年級換班分開之後，發現時已經自然分手了。也就是說，日和是隨處可見，喜歡異性的beta男性。他對自己突然湧現的情緒感到困惑，但老實說，還是國中生的日和也搞不清楚自己對清住的情感是否為戀愛情愫。而不知是幸或不幸，只要過著平凡的校園生活，日和幾乎不會碰到清住。

國中一個學年的差距有如天壤之別。年級不同樓層也不同，身為演員的清住，只要舞臺劇開始排演，請假的日子也會增多。多虧如此，日和的心無需承受不必要的動搖，可以忽略自己心中不知真面目的心情，過著安穩且平凡的校園生活。

在高一暑假結束後，這樣的日常生活迎來轉變。那天放學後，日和正在學校大廳裝飾花卉，突然有人從背後搭話。

「那是花嗎？」

分量十足的聲音在寬敞的大廳朗聲響起，日和邊想著「這聲音真好聽」，就著高跪姿轉過頭去。

「嗯，雖然形狀很奇怪，這是佛塔樹開……的、花。」

因為講到一半倒抽一口氣，語尾虛弱。

站在攤在地板上報紙另一端的人，就是清住章吾。

（咦？咦？咦？騙人的吧……?!）

嚇一大跳。就讀同所學校，多少都有遠遠看見清住的機會。但升上高中後清住念藝術學科，日和念普通科，科別不同校舍也不同，與國中時相比，見到的機會變得更少。當然，這也是第一次被清住喊住，和他說話。

（哇——哇——）

日和邊在心中大叫邊盯著他看。

那張完美的容顏，正好位於高跪姿的日和需要仰首看的位置。就連腰的位置也比日和的視線還高，雙腳誇張地修長。這麼說來，曾聽說他的制服褲子還是特別訂製的。他的肩膀和胸膛都很健壯，勻稱的體型任誰都能看出是alpha。

（哇塞，好帥喔——）

名符其實的不同人種，就算身穿相同制服，這完全無法想像同為日本人高中生的魄力，讓日和目瞪口呆睜大眼。

看見日和轉過頭後就僵住姿勢，清住苦笑著喊「喂」。

「咦……啊，不好意思，請問你問什麼？」

日和慌慌張張回答，清住手指日和手邊：

「那個，你說那個是佛塔樹的花嗎？」

「啊，對，就是這樣。這是美花佛塔樹，是南半球本土植物的一種。」

「南半球本土植物？」

「就是主要原產於澳洲、南非等南半球地區的花卉，然後……」

清住邊聽日和說明，在報紙另一頭蹲下身。

（為什麼？）

日和很困惑，但清住似乎只是單純對不常見的花卉感興趣而已，看著攤開在報紙上的花葉。才這樣想著，他的手越過報紙伸來，碰觸日和手上的佛塔樹。

（哇、啊。）

隔著花看見頂級帥哥的臉了，耀眼得刺痛眼睛。他身上傳來成熟大人的好聞氣味，日和的心臟不受控加速跳動。

清住不理會快要嚇軟腰的日和，用他淡色的眼瞳低頭看花。

「這個白白長得很像果實的東西是花？」

「對，這每一個小小的，輕飄飄的東西都是一朵花，旁邊這些刺刺的東西是葉子。」

「那這邊這個刺刺的葉子也是嗎？」

「不，那個是銀樺，又是不同植物……」

「這個表裡顏色不同的呢？」

「那個也是銀樺，但品種不一樣。」

「真有趣，外表和質感都如此不同，卻有相同名字啊。」

清住又再次看了花卉後開口問：

「那氣味這麼香的是哪個啊？」

「咦，香氣？嗎？」

日和疑惑地看著他。

「今天的花材，沒有特別有香氣的耶……」

「什麼，騙人的吧？」

這次換成清住一副難以置信的表情看日和，兩人視線對上。

（哇……！）

胸口遭受猛烈衝擊，清住視線帶有物理性壓力。日和無法承受他的直視，不禁轉頭別開視線。

清住拿起藍紫色的洋蘭，那是名為萬代蘭的品種，但應該也沒有強烈香氣。他湊上臉嗅聞，不出日和所料，他歪歪頭。「那也沒有？」清住一問，日和遞出手上的佛塔樹。那果然也和他口中的香氣不同。

「好奇怪。」

——就算這樣說，日和也不清楚他口中的香氣是什麼。日和只聞到大概是清住身上香水的香氣。

清住感到相當不可思議但也沒想要離開，日和開口問：

「學長，你喜歡花嗎？」

「不，沒特別喜歡……像蝴蝶蘭這類的，反而可說很討厭。」

「咦，但休息室應該常常收到花吧？」

聽到日和這無心的一問，他看著花卉回答：

「所以才討厭，不覺得那個花很人工感嗎？很像好幾張相同的虛偽笑容並排著看人的感覺。」

（原來這個人是這樣想的啊。）

有點嚇到。在學校裡遠遠看見清住時，他總是落落大方地開心和身邊的人相處，完全看不出來是有這種消極想法的人。

日和忍不住偷看他，就算只是偷看，他也美得將日和感受的不對勁全部吹跑。不僅是完美的容貌，他的存在本身就充滿華麗感。

（……像他這樣 alpha 中的 alpha，也有很多煩惱嗎？）

日和心中這樣想著，也不自覺地看入迷，清住不禁苦笑。

「但是，這個嘛，像是這類的，還有綠色的我就很喜歡。」

「綠色的，是指觀葉植物嗎？」

「對，只要看到綠色就能平靜下來。而且葉子有很多形狀很有趣。」

「啊啊……那可以理解你會喜歡這種花，這比普通的花還要有野性，也各有各的個性。」

「沒錯，所以我很好奇。」

他用連指甲形狀都很美的手指，邊來回撫摸金黃銀樺的金色細毛邊說道。

「抱歉打擾你了，不用在意我沒有關係。」

「啊，好。」

日和忍不住點頭，但怎麼可能不在意這麼有存在感的人啊。

（他要在那邊看嗎？為什麼？）

老實說，日和非常在意清住的視線。雖然有點難做事，但也不可能對他說「你在這邊我會分心，請離開」，只能在不知所措中回到插花工作上。

「你是一年級對吧。這裡的花，平常都是你……你叫？」

「我叫中谷。」

「都是中谷你插的花嗎？」

「不全都是我，是花道社的一年級和二年級輪流。」

他「哦」地應和日和的回答。

「從花材開始，全是自己挑的嗎？」

「對，但季節不同也會考量節慶活動之類的。」

「這樣啊。」清住似乎邊說邊點頭。

「偶爾會看到覺得品味很棒的花，那都是中谷你插的花吧。」

「也可能不是我插的……」

「不，就是你。」

清住斬釘截鐵道。

（這是在誇獎我嗎？……沒錯吧？）

總之先回應「謝謝誇獎」，感受投射在背後的強烈視線。雖然很難做事，但日和更沒辦法轉過頭去。

偶爾會有發現清住在這裡的學長向他搭話：

「阿清，你在幹嘛，幹嘛坐在那裡。」

「我在看花。」

「是喔。」

學長們偶爾會看看日和的手邊，但沒特別說什麼就直接走過去。這是一般反應，是坐在日和背後的清住太奇怪了。要製作這類大型花籃相當花時間，但他一點也不嫌膩地在旁看著日和工作。

（學長很閒嗎？）

身為藝人，身為藝術學科的巨星，應該不可能很閒。偷偷看了一眼，他真的就坐在地上，手肘抵在腿上撐著下巴非常放鬆。

「你好像很熟練。」

「我們家是開花店的，所以從小就會模仿大人，用多餘的花材做花籃……」

升上高中後，日和也開始幫忙在花卉市場經營盤商老店的雙親工作。學校也知道這件事情，日和參加的花道社使用的花材也是向日和家的店訂購。

「啊啊，所以才那樣啊。」

清住似乎理解了。

「哪樣？」

「中谷你偶爾會抱著花來上學對吧。」

「你為什麼會知道？」

日和忍不住轉過頭去，兩人視線對上。

（哇、啊。）

日和有點畏怯，但清住不在意，接續說：

「什麼為什麼？不是很出名嗎，抱著花來上學的男高中生。而且小心翼翼地抱著，讓人覺得你一定很喜歡花。」

「啊啊……」

日和些微苦笑。他隱約察覺自己的行為相當醒目，雖然日和本身完全沒有引人注目的要素，但美麗的花朵吸人目光。正如同眼前的他，不管在學校還是在舞臺上都吸引眾人目光無法從身上移開一樣。

日和重回手邊的工作邊說明：

「花道社會用我們家的花，社團要用的量比較大所以會開車送過來，但用來裝飾這裡的花材比較少，我就自己拿過來。」

「這樣啊。」

清住仍然目不轉睛地看著日和工作，日和也逐漸習慣被注視，終於有辦法專注在花材上了。

一段時間後日和停下手邊動作，清住開口問：

「完成了？」

「還要再調整一下。」

日和繞到報紙後方站在清住身邊，看整體的平衡感。

「還真仔細。」

「是嗎？」

「只要看中谷的動作，就知道你真的很珍惜花卉。」

「照顧花朵，並引導出其最大的魅力，就是我的工作。」

日和來來回回調整好幾次整體的平衡感之後，終於完成了。

花籃的中心，是白塔般的花穗為最大特色的美花佛塔樹，接著利用鋸齒狀葉片的澳洲銀樺，以及金色天鵝絨般的葉背富含魅力的金黃銀樺創造出高度與份量感，最後用萬代蘭和龜背芋的葉子做點綴。

「充滿野性真棒耶。我果然很喜歡你的品味。」

站在身旁的清住誇獎他，「謝謝誇獎。」日和靦腆地道謝。

日和自己很平凡，但喜歡照顧美麗的花朵，也喜歡把花卉裝飾得深具魅力，這點受到誇獎讓他非常開心。

清住低頭看著這樣的日和，動了動鼻子：

「果然有股很好聞的香氣，很像是檸檬，又帶著綠意，有點甜甜的……非常讓人放鬆的香氣。」

他說出口的話，彷彿就像找到omega的alpha，但這和beta的日和無關就是了。

「嗯……這個嘛，每個新鮮的花材都有青草的氣味吧。」

雖然不清楚清住口中的香氣是什麼，但被宛如豪華花卉般的清住誇獎，這讓日和相當開心。

從這天之後，日和在學校見到清住的時間變多了。更正確來說，是意識到「碰到他了」的機會增加了。到目前為止，就算日和單方面發現清住，兩人也只是擦肩而過，但現在清住只要看到日和就會和他打招呼，因此轉變成「碰到他了」的感覺。

「早啊。」

「啊，學長早安。」

今天早上也是清住主動向他打招呼，還特地走到一年級的鞋櫃區，看著日和手中的花材問：「接下來要用的花？」

「這個黃色圓圓的是菊花嗎？」

「對，因為中秋節快到了。」

「今天也好香喔。」

「咦？啊啊，那應該就是乒乓菊的氣味了吧……？」

清住把鼻尖湊進包裝紙中，聞了聞味道之後歪頭。

「感覺不太一樣。」

總是和他混在一起的學長，從二年級鞋櫃區那邊喊著「阿清」，清住回「我馬上過去」。

「我確認一下，今天的花不是你插的對吧？」

「的確不是我，為什麼知道？」

聽到日和的疑問，清住咧嘴一笑，邊朝同學那邊走過去，邊指著日和手上的花束說：

「太隨處可見，這不是你的品味。」

（什麼隨處可見啦。）

日和不禁苦笑「真沒禮貌」，不管是哪種花都很美啊。如此想的同時，聽到清住認同自己的品味，讓十六歲的日和感到無比開心。

日和不清楚為什麼清住會這樣關愛自己，但日和喜歡和他說話，也喜歡在他面前插花。

每次只要日和在大廳插花，清住就會不知從哪來，靜靜在旁看他工作。可能會開口和日和說話，也可能不說話。想著還真有熱忱，他又可能在打瞌睡或只是呆呆看著。清住一開始曾說「讓人非常放鬆的香氣」，日和真心感覺他被只有自己知道的什麼撫慰，在日和還有花卉身邊放鬆。雖然也常有粉絲發現之後團團圍住他，但和日和待在一起時的清住，不會積極給出粉絲福利，所以最後大抵都會只剩他一人。

日和覺得清住很像玫瑰。雖然綻放出奢華的巨大花朵，但也暗藏料想不到的玫瑰刺，照顧起來很棘手。既不能過分照料，更不能丟著不管。beta的日和對alpha的清住有這種想法或許奇怪，卻有種無法置之不理的感覺。

照顧花卉，在最漂亮的時期將美貌發揮到極限後送交給客戶，這就是花店的工作。日和也想同等珍視清住。只要和清住在一起，絕對會伴隨旁人「日和高攀清住」的視線，但與令人不自在的視線相比，能近距離靠近清住、和他說話的喜悅更勝一籌。周圍視線想說的話，同時也是日和的疑問，但他不可能厭惡崇拜的學長和自己說話。

因為只有這等認知，所以幾個月後，當清住向日和告白時，日和都要嚇昏了。

聖誕節前一天，日和也在大廳插花。

用海芋、龍血樹、木百合製作花籃，背景色是黑色。以天鵝絨般的深紅玫瑰為中心，活用鶴頂的銀色作點綴。花檯也鋪上用銀線刺繡的黑布，花器也用紅色天鵝絨綁上蝴蝶結。這是雅致且充滿氣氛的聖誕節花籃。這種花籃雖然帥氣，但大多人都會對擺飾在家中感到躊躇。正因為如此，日和認為擺飾在公眾場合有其意義。

日和插好花，一如往常想退一步確認整體平衡感時，一隻大掌握住他的肩膀。

「哎呀。」

「啊，不好意思。」

還沒轉頭，靠聲音和氣味就知道是清住。日和沒想到他會在這而嚇一大跳，大概是幾個月來已經完全習慣他的存在感，真的完全沒發現。

「不好意思，我沒發現。你是什麼時候來的？」

日和一問，清住帶著調侃意味笑著說「幾乎一開始」。看見他苦笑，日和才發現自己說錯話了。

（糟糕，我對著藝人說「沒發現你」耶！）

心想著我到底說出多失禮的話啦，又再次道歉「不好意思」。

「別在意，我也沒有開口喊你。」

清住邊說，彷彿受到什麼吸引把鼻尖往日和脖頸湊過去。

「……日和，你是不是有用什麼香水啊？」

「咦？沒有喔？我又不是學長。」

「我？什麼不是我？」

「那種東西一點也不適合我吧。」

「我不這麼認為耶。」

清住臉上的笑容變得柔和。「哇！」日和心中讚嘆。清住不僅有張過分俊美的容顏，平常也不常笑，所以給人難以親近的第一印象，但一笑立刻會讓氛圍變得溫和，日和很喜歡他寶貴的笑容。

「已經完成了？」

「咦？啊，對，完成了。」

「今天的又比平常更棒，放在學校大廳太浪費了。」

「謝謝誇獎。」

湧上的喜悅讓日和自然一笑，清住看見他的笑容瞇起眼睛，輕輕戳了日和的額頭。

「日和真的很有趣，你似乎覺得自己很平凡，但這裡面滿滿都是不平凡的品味。」

日和單手摀著被清住輕戳的額頭，身為未來想開花店的人，插花品味得到讚賞令他感到無比開心。熱度逐漸從被戳的那一點蔓延開來，讓人害臊。

「……學長還真奇怪。」

「我嗎？」

日和對一臉詫異的他點點頭。就算不到他這般明顯的程度，隱約察覺生殖性別的人，大多有alpha和alpha，omega和omega親交的傾向。而alpha中也有自認為天選之人，omega中也有對自己感到自卑或自我厭惡的人。表面上，男女性別以及生殖性別六種性別皆平等，但現實沒那麼簡單。任誰都能看出清住是alpha中的alpha，他卻相當關愛同為男性且是beta的日和，毋庸置疑相當奇怪。

不過也多虧如此日和才能和清住在一起。日和加上一句「是正面的意思啦」，把用剩的花材捆起來綁上蝴蝶結。

「學長，不介意的話請收下。」

「要給我嗎？」

「雖然學長應該很習慣收到花了吧……」

不小心脫口而出之後，才驚覺又說錯話了。

自從和清住熟稔後，自然而然會聽見他的傳聞。他從國中畢業前後到最近這幾年，除了社團表演外幾乎沒有站上舞臺。也就是所謂從童星轉型到成人演員的轉換期，像他這樣優秀的人似乎也遭遇挫折了。

即使如此，在舞臺表演之外也有收到花的機會。對這些花來說，與其讓日和再帶回家，肯定更開心可以被清住收下。日和只是單純如此想，但不小心說了多餘的一句話。

清住從內心慌張的日和手中接過小小的花束瞇起眼睛，臉湊上前嗅聞玫瑰的香氣。

（哇。）

清住瞇起眼輕軟微笑，這模樣深深吸引日和目光。白皙肌膚，在黑、紅花朵的對比映襯下，豔麗得幾乎叫人暈眩。

「謝謝你，得禮尚往來回禮才行呢。」

「咦？不用啦，只是用剩的……」

尚未說完的「不好意思」消失在他柔軟的雙唇間。

（咦……咦？什麼？）

這行為太過唐突且過於自然，日和瞬時無法理解自己身上發生了什麼事情。

但，這是——

一度拉遠的雙唇再度緊密貼合，再怎樣第二次都能清楚認知了。吻——這是親吻啊。

（咦？他吻我?!為什麼?!）

為什麼那個清住章吾會吻自己呢？

日和茫然自失了幾秒，在終於回過神的同時用力推開清住。

「你在幹嘛！」

自認為全力推開清住，可是因為兩人的體格差距，清住紋風不動，只是稍微睜大眼低頭看日和。

「不行嗎？」

「什麼?!」日和忍不住直白大叫，什麼「不行嗎？」啊？這個人到底在說什麼啊！

「咦，因為我和學長又不是在交往，什麼也沒有耶?!而且我是男的，也不是omega啊！」

「原來中谷你會在意這種事情啊。」

清住不滿的表情與語調讓日和頭痛。

「很在意！請讓我再重複一次，我是男的，是beta！」

「但你喜歡我對吧？」

「什麼啊啊啊?!」

日和再度大叫，聲音在大廳裡環繞。

「我不記得有對學長告白過耶?!」

「但沒說錯吧。」

「……！」

清住毫不遲疑斬釘截鐵說道，日和錯過立刻回嘴的時機，紅潮慢慢攀上臉頰。

（他為什麼會發現?!）

該不會自己在沒注意時，用愛慕的眼神、表情看著他了吧？就和那些遠遠看著難以靠近的他，夢想有天他會主動搭話的女孩們一樣？

臉頰瞬間發熱。

「……就算是這樣！別以為全世界的人都想要和你交往！」

（氣死人了！）

沒想到清住是這樣的人。

日和確實從國一一見鍾情的這四年來，一直是他的粉絲。即使如此，也不曾有過「想要告白」、「想要交往」或是「想要親吻」等等的念頭。他很高興能和清住變得親近，但周遭總是用「為什麼那個一年級和清住章吾那麼要好啊？」的眼神看兩人。而日和是最想知道原因的人。

（我可是個beta男性耶！）

先不論場面話，社會上仍以男與女或alpha與omega相戀的異性戀為主流。而且話說回來，聽說能和alpha結合的omega人數，甚至不到人數稀少的alpha的一半。

（即使如此，學長還是有認識omega的機會吧，為什麼要和我這種人……）

不知清住是一時興起，或者在知道日和的心思後刻意捉弄，但日和沒有告白，清住就直白揭穿「你喜歡我對吧？」也太過分了。而且日和根本沒有親吻經驗耶！

思考至此，日和這才驚覺。

（……剛剛那個，是我的初吻……）

又不是小女生，對初吻沒什麼夢幻遐想。但是，可是，果然還是覺得初吻有點特別啊。和喜歡的人——不是，的確是和喜歡的人啦，不過總覺得和想像非常不同……

日和也開始搞不清楚自己到底在想什麼，連忙搖頭。一心一意只想快點遠離清住，氣勢猛烈地收拾起道具和垃圾。當日和想拋下清住離去時，一隻大掌抓住他。

「日和，日和，你等等。」

「有什麼事？」

「不管你對我怎麼想，我都喜歡你。因為很開心你送我花所以想要回禮，因為覺得你很可愛才想要吻你。如果讓你感到不舒服，我向你道歉。但我想要和你交往，和我交往吧？」

「什麼？」

（這個人到底是怎樣啦。）

大概，沒有人會責備日和有這種想法。

容貌、才華、腦袋、家世……無論哪點皆完美無缺的極品alpha，這樣的清住章吾和極為普通的beta日和唯一的交集，應該只有學校大廳擺飾的花藝。雖然日和崇拜清住，但那追根究柢是因為他是個完美的alpha，連不會成為戀愛對象的beta男性日和也不禁為之傾倒。

——所以說，面對清住毫無預兆的告白。

「不，沒有辦法。」

日和會如此回答也是合情合理。

清住一瞬間露出沒聽到日和聲音的表情，接著驚訝地睜大眼睛。

「為什麼？」

（我才想問為什麼。）

就算退讓百步相信清住的告白，為什麼這個完美的alpha學長喜歡上的對象，竟是日和這樣平凡的同性beta呢？

自知這是個自虐想法，但日和直接將這認識兩人的所有人都會有的疑問說出口：

「剛剛也說了，我是個beta男性。」

「那又如何？」

「恕我失禮，學長是alpha沒錯吧？」

「是沒錯，那又怎樣？」

清住一副「為什麼要這麼問」的態度，讓日和頭都要痛了。

「我絕對不可能是你的命定之人，甚至連普通標記也做不到，沒有辦法替你生孩子。」

「嗯，所以呢？」

「學長不在意嗎？」

「不在意，不覺得有在意的必要。」

「不對不對不對不對……」

日和覺得他在開玩笑。

一般來說，最在意這種事情的就是alpha和omega啊。僅有alpha和omega之間能建立起「標記」的特殊關係，其中還有世上難尋的特別對象「命定之人」。只要是alpha和omega，應該都有就算無法找到「命定之人」，至少想尋得「標記」對象的心思吧。

身為beta的日和只能憑空想像，但他理解這種關係肯定是本能欲望，是種憧憬。進入青春期，身邊人陸續得知生殖性別的這幾年，甚至有同班同學公開表示是alpha，想要尋找「命定之人」。

但十之八九是這學校裡alpha中最頂級的清住，只用一句「不在意」否決日和的堅持，而且大概真的不在意。

日和拒絕告白後，清住仍會找日和說話。不僅如此，甚至不再隱瞞對日和的好感，直言「喜歡」日和做的花籃，「喜歡」日和的品味，「喜歡」日和整個人。

他態度太過大方，且明確地持續追求，讓日和的價值觀開始鬆動。

「學長，你真的覺得交往對象不是omega也沒關係嗎？」

某天，日和又再度如此問，清住毫不遲疑地點頭。

「沒關係，我只想和喜歡上的人交往。」

「但alpha和omega應該都對『標記』或是『命運』這類的有所憧憬吧？」

典型beta日和這單純的疑問，清住理所當然地回：

「因人而異吧，我不喜歡omega。」

「什麼，是這樣嗎？」

「像是發動omega恐攻，或是陪睡alpha的製作人、導演或工作對象，我從來沒見過正經的omega。」

「……原來是這樣啊。」

出乎意料外的衝擊性詞彙逐一冒出，日和也只能如此回應這句話。

所謂的「omega恐攻」是指沒有伴侶的omega，在發情期時沒吃抑制劑就在外面到處走，強迫alpha發情或標記自己的行為，這是受到大眾鄙視的對象。

在對真的有人這樣做傻眼之時，也得知清住有同齡的beta絕對不可能碰到的慘痛遭遇——而且從言語間可知這並非偶發事件，日和相當同情清住，也能理解遇到這種事情的他無法喜歡omega的理由。

（不過，只要遇到正常的omega或「命定之人」，他的想法也會有所改變吧。）

而且話說回來，這只是高中時代輕鬆的交往，或許也不需要過度深入思考標記、生小孩等事情。

「……我知道了，那我就和學長交往，直到學長膩了為止。」

如果每天猛烈追求的是其他人也就算了，偏偏是清住，日和也只能屈服，說他意志薄弱也無從反駁。

畢竟日和從一見鍾情那天起一直崇拜著清住，這分不曾轉變成戀愛情緒的淡淡憧憬，在清住「喜歡你」、「喜歡你」的連番攻勢下，迅速染上戀愛色彩。

兩人就在日和敵不過攻勢的情況下開始交往，但日和確實很喜歡清住。接著越深入了解清住，才知道他是很複雜的人。

容貌、體格與存在感，比同齡的任何人都更有alpha風範，清住也客觀理解這樣的自己，以及旁人對自己的期待。不僅在參與電視及舞臺劇演出時，他在朋友面前也努力扮演理想中的完美alpha。

但是，在展現星光熠熠的外表與行動的同時，真實的他也在從童星轉型為演員的不順遂中掙扎。

他的父親雖非無情，但工作真的太忙碌。清住曾苦笑表示，自由接案的工作性質上，父親心情與時間有從容和沒從容時的差距甚大。

而他母親是位只對自己的美貌與社會名聲有興趣的人，據說母親唯一只在清住以「那位美女演員的兒子」的童星身分在舞臺劇廣受吹捧的時期，對他有興趣。失去這個機會的同時，他也失去了母親的關愛與興趣。

結果他只能在「比任何人都完美的alpha」，與「渴求關注的人對自己沒興趣」的兩個自己間掙扎。住在家裡卻幾乎沒有和雙親對話，就算想找人商量，「高中生」這多愁善感的年齡與自尊心也阻撓他行動。雖然四處參加試鏡，但已經無法扮演尚且帶有些許可愛的少年角色，而演技又不足以飾演成年男子的角色。為了獲取少數與自身能力符合的角色而過度努力，因而入戲過深迷失自己，身心狀態失衡。

即使如此痛苦，清住還是喜歡舞臺表演，喜歡戲劇，喜歡演戲。他渴求著接納自己，讓自己發光發熱的舞臺表演。

漫長卻也短暫，清住高三與日和高二的這一年，在精神層面與物理層面上，緊偎在清住身邊的人，或許可說就是日和。

近距離看著清住掙扎，日和得知即使是光鮮亮麗的alpha，也和他們beta同樣有挫折，有煩惱也有痛苦。以前只當作表面話，被教導不該有「alpha該是這樣」、「beta該是這樣」的刻板印象，消失得無影無蹤。

清住說在日和身邊感到平靜。像他這樣的生存方法，和alpha相處時確實會激起自尊對抗心態，而和omega相處又會害怕對方恐攻。日和也能想像他和beta相處最能安心且輕鬆。

實際上，清住黏在日和身邊時沉穩且安定。他總是從背後緊緊擁抱日和，把鼻尖湊在日和頸間說著「有股甜蜜清爽的香氣」，日和沒有刻意否認這股他完全聞不到的氣味。而清住在無法入眠的夜晚，似乎只要抱著日和就能入睡。比起有無香氣，這件事來得更加重要。日和挑選的觀葉植物在他房裡綠意盎然，兩人在他房裡潛息相愛，那裡彷彿他們的愛巢。

在清住高中畢業前的某天，日和突發奇想脫口而出：

「學長，你可以為了我稍微演個戲嗎？」

再怎樣都不該對專業演員說這種話。但此時，情事過後的兩人親密躺在床上，雙腳交纏慵懶廝磨。將最脆弱部位交付對方後的得寵感，讓日和失去慎重。對任何人都擺出完美言行舉止的清住，只有在自己面前不會擺樣子。從認識當初即是如此，日和對此沒有不滿，也很喜歡清住像頭慵懶雄獅在自己身邊放鬆，但此時不知為何，他突然非常想看見戴上面具的清住。

聽到日和突然說出這種要求，清住不僅沒生氣，還問：「好啊，要演什麼？」

「咦？真的可以嗎？」

明明是自己開口要求的，日和嚇得坐起身，清住柔柔笑彎他的淺色雙眸。

「只要日和的要求都好。」

這寵溺的話撩撥得日和心頭搔癢。

（哇，要他演什麼好呢？）

既然要演，就想看看帥到極致的清住啊。

清住也面對日和坐起身，日和握住清住的手開口：

「那，你現在是演員『清住章吾』。是容貌、才華、人品、智慧無一不缺的完美alpha男子，天才演員。大家都很崇拜你，稱呼你『Mr. α』。」

「Mr. α？」

清住複誦了不慎熟悉的詞彙。

「這是英文俗語，聽說是最適合當結婚對象，令人憧憬的『完美alpha』的意思。」

「那麼，『完美alpha』的『清住章吾』的情人是中谷日和？」

「咦？這設定也要放嗎？」

「不放我就不演。」

他耍著脾氣，日和只好不甘願地同意了。

「那從現在起，請你扮演『Mr. α』的『清住章吾』。可以脫離角色的時間只有獨處時、睡覺時，還有和我……和中谷日和在一起的時候。」

「我知道了。」

這原本只是床笫之間的小遊戲。但從那天起，清住變了。外表和言行舉止並沒有巨大變化，不過完全褪去在此之前或多或少有著的思春期青澀。

現在回想起來，或許單純只是碰到轉變時期。十八歲，每個少年都逐漸長大成人，而他只是比其他人成熟的alpha。

不管怎樣，從遊戲中誕生的「Mr. α」演員「清住章吾」，在那幾個月後，成功拿下創造出傳奇收視率的電視連續劇的第一男配角。

*

在劇場停車場停好車，日和輕輕嘆了一口氣。

關於那之後的清住章吾，全日本的人們都知道。一夕間成為話題人物的他，現在仍是勢不可擋的年輕實力派演員。現在肯定幾乎沒人記得他受挫的那段時期，更別說想要重提那段往事了吧。

清住升上大學的同時轉籍到劇團旗下，重新正式展開演員工作，他和日和從那時起漸行漸遠，幾個月後就自然分手了——清住肯定如此認為吧。

其實從日和的角度來看，事情稍有不同。

在清住升上大學那時，日和正好身體出狀況。原因不明的低燒與下腹痛，暈眩與倦怠感持續好幾週，升上高三不久後常常請病假。也因此疏忽了與清住之間的連繫，但日和沒有告訴清住身體不適的事情。因為那檔四月開始播出的電視連續劇，久違出現在螢幕前的清住人氣直線上升，他才剛升上大學就忙得不可開交，甚至因而休學。

不能阻撓好不容易抓住機會的清住，日和如此想著，也就逐漸疏遠清住，可是那時日和曾做好覺悟，前往清住開始獨居的公寓去見他。

日和在那裡看見的，是從清住房裡走出來的女人，以及滿臉笑容與她談笑的清住。日和大受打擊，在那之後斷絕連絡——以上就是「自然分手」的真相。

對方是和清住隸屬同一個劇團，且公開是omega的女演員。身材苗條感覺風一吹就會折斷，楚楚可憐且性感，相當有魅力。beta男性的日和根本無法與其抗衡，一眼就能看出誰適合清住。

看見她，日和心想「學長已經不討厭omega了啊」。清住肯定遇見命中注定的人，所以想法改變了。只是該來的那天現在來臨了而已，身為beta男性的日和根本無法抗衡。

——雖然這樣說，但也沒確認清住是不是真的劈腿。日和沒有當面指責清住，或是和他坐下來談。只是對清住拋棄自己選擇omega這件事大受打擊，不想受傷得更重，所以單方面斷絕連繫。十年後的現在，也想著「應該要大喊『你這個劈腿男！』揍他一拳才對」，但十八歲的日和比現在更純情且懦弱。講這種話很丟臉，但只要日和無法堅強，即使契機不同總有一天也會走向相同結局。除去對象是清住章吾這點，他們也只是日本全國四處可見，漸行漸遠而分手的不同年級高中生情侶。

分手後十年。清住仍占據日和心中一角，但日和極力避免看見他參與演出的舞臺劇、電影和電視劇。明明認為那早已成為過往，一想到或許會見到他就心神不寧，日和對這樣的自己也只能苦笑了。

（沒事。）

送花到休息室時幾乎不會見到演員本人，緊張只是無謂折磨自己而已。

再次在心中重複說過無數次的話，日和走下車，抱起花籃朝員工出入口走去。

日和先前也曾到這裡送給其他演員的慰問品，這是相當大型的劇場。這裡大概是舞臺的正後方，聳立面前貼滿磁磚的牆壁相當長，宛如堅固的要塞。一想到清住現在站上如此大的舞臺，讓日和感慨萬千。

（學長已經成功了呢。）

現在又冒出每次在電視、電影及海報上看見他時會出現的感想。喜歡戲劇，喜歡演戲，如果沒辦法站在舞臺上就無法活下去的他。這樣的他，在戲劇上獲得認同了。日和單純地對此感到開心，不是因為討厭才分手，所以現在也打從心底希望他能幸福。

「平日多謝關照，我是Plants shop花日和的中谷，是來送花籃給演出《Mr. α》的清住章吾先生。」

向休息室出入口的警衛亭中的警衛說明來意後，警衛熟練地回以：

「啊啊，好的好的。花籃在這邊簽收就可以了，工作人員現在就來，請填寫這個表格之後稍微等候一下。」

「好的。」

把花籃放在架上，在文件夾上的文件寫上必要事項時，聽到裡頭走廊傳來腳步聲。

「不好意思，我是清住章吾的經紀人。」

「啊，這位先生是來送花籃的。」

日和與看向他的經紀人對上視線，大概四十歲上下吧。是位看起來很認真，戴眼鏡身穿西裝的男子。日和心想還真罕見經紀人親自來拿花籃，將花籃以及送貨單遞上前。

「你好，我是Plants shop花日和的人。請容我替公演首日獻上祝賀，這個是粉絲要送給清住章吾先生的花籃。」

「謝謝你，啊啊，感覺清住收到會很開心。」

看見日和手上的花籃，經紀人似乎真心如此表示。正如加藤所說，身邊的人都知道清住喜歡綠色植物。

日和不認識的這個人，是現在和清住工作，在旁支持他的其中一人。這是他們分手後最近距離感受清住存在的時刻，但更清楚感受清住和自己是完全不同世界的人。

（學長，真的變成遙不可及的人了。）

對有如此想法的自己苦笑。

正如加藤所說，打一開始就是不同世界的人。對日和來說，過去與將來都只有清住一人，但對清住來說，日和只是恰巧在不順心，心情消沉時擦身而過，引起他一時興起的學弟而已。這樣想才能讓自己接受。和苦澀的青春期記憶一起被時間洪流沖淡，清住不會再想起自己令人難過，但對清住來說，這肯定才是好事。

嚥下各種情緒，日和微微一笑。把送貨單夾在文件夾上遞上前。

「不好意思，可以請你在這邊簽名嗎？」

「好。」

經紀人簽收之後，就完成送貨了。

「謝謝。」

朝經紀人與窗口的警衛致意後，日和轉過身去。

如同反覆對自己說的一樣，沒見到清住本人。鬆了一口氣。老實說確實感到有點遺憾，但肯定不見比較好。這樣一來，日和今後才能只懷抱著美好記憶活下去，可以打從心底支持他。

（對了，下次去看學長的舞臺劇吧。）

和他分手後，第一次出現這種想法。

從現在受歡迎的程度來看應該很難買到票，不過嶋肯定知道方法。如果看見舞臺上的清住，能以一介粉絲單純樂在其中，感覺到時就能完美地將那段戀情昇華為美好回憶。

（嗯，就這樣做吧。）

下定決心後感覺心情輕鬆許多，帶著些許輕盈的腳步朝出口走去。就在此時。

「白井先生。」

「——」

這個聲音在走廊響起的瞬間，日和的身體彷彿遭雷擊般一震。

甜膩、低沉且響亮的聲音。那是舞臺劇演員的聲音。而日和絕對不會錯聽這個聲音。

（學長。）

日和不禁停下腳步，清住就在他背後和經紀人說話。

「還想說你上哪去了。不好意思，我還是想要在休息室稍微休息一下……」

（休息？）

有哪裡不舒服嗎？

雖然很在意，但日和只是外人。而且日和更害怕與清住打照面，邊祈禱著他不會看見自己，再次緩慢邁出腳步。

「還是覺得不舒服？要不要請醫生來？有辦法上臺演出嗎？」

喚作「白井」的經紀人擔心地問道。

「只是有點暈，沒有關係。我會趕上演出時間……咦？這是？」

清住的音色稍微改變。

「啊，這是粉絲送來的花籃。太剛好了，清住先生很喜歡這種花籃對吧，應該可以稍微轉換心情吧？」

白井說完之後，出現短暫空白。

接著聽見喃喃細語。

「……日和？」

日和以為心臟要停了。

（——為什麼？）

難不成只是看見花籃，就知道是誰做的？他沒有忘嗎？明明只是十年前，僅僅交往一年多的學弟啊。

「……！」

日和衝動地邁開腳步奔跑，接著背後傳來清楚的呼喊。

「日和！」

被發現了，日和不顧清住的呼喊朝門口奔跑。只是還沒跑幾步，就被追上來的清住抓住手腕。清住握住他的肩膀，強迫他轉過身。

「——！」

視線對上。「轟」的一聲，一記重擊從視覺朝大腦、本能落下。

英挺劍眉、高聳挺拔的鼻梁、凜然的水靈眼型，大眼中充滿情緒的虹膜也大得超乎常理。他的容顏基本上和日和交往那時沒變，但經過十年歲月，那分壓倒性的美貌增添了帶有危險氣息的性感，化身為擁有驚人魅力的成熟男性。

日和回想起兩人間的小遊戲，以及這齣舞臺劇的劇名。

——*Mr. α*。

貨真價實的完美alpha，明明知道不能盯著看，卻無法阻止自己注視他。連不會被本能左右的beta日和也是如此。

「……學長……」

日和輕喊後，清住用力皺起眉頭，就連這苦惱的表情也俊俏無比。

他又再喊了一次「日和」，雙手像攀住救命稻草般搭在日和肩膀上，臉頰貼近日和左肩。

「學長？」

「日和，幫幫我。」

2

「叩叩」，輕柔得幾乎令人以為是錯覺的敲門聲在休息室中響起。

雖然猶豫著該不該應門，但日和選擇沉默。這裡本來就不是他該在的地方，而且休息室的主人現在正趴在日和腿上沉睡，也不好發出太大的音量。

雖然沒有應門，門還是從外朝內打開。走進休息室的是清住的經紀人白井。

他躡手躡腳靠近，悄聲對日和說話：

「辛苦你了。清住先生睡著了嗎？」

「對。」日和只做出嘴型後點點頭。

「……應該不是死了吧。」

白井一臉認真地開玩笑，害日和差一點噴笑。清住確實睡得不醒人事。

日和坐在沙發一側，清住章吾俯趴在日和腿上沉眠。從姿勢來看，真像臥倒路邊。他趴著看不見臉，但從身體規律上下起伏以及沉穩的氣息判斷，應該睡得相當深。

白井將手上毛毯攤開，蓋在清住局促彎曲著的身體上。日和不禁脫口「謝謝你」，白井眼鏡後的眼中帶著笑意說「這是我的分內工作」，是很和善的人。

「中谷先生才是，突然拜託這種事情真的很不好意思。花店那邊沒問題嗎？」

「沒問題，我已經連絡過了。」

日和舉起手中的手機點點頭。

清住在休息室出入口抓住日和，如攀住救命繩索般懇求他「拜託讓我睡一小時」，日和點頭「我知道了」。日和不清楚清住為什麼會變成這樣，但在舞臺劇公演首日開幕前，狀況十分緊急。在他們交往時，清住也曾拜託日和陪他睡，所以可以想像該怎麼做。

答應清住的要求出借大腿當枕頭，手勢輕柔地撫摸他的背。

「怎麼了，公演首日很緊張嗎？」

日和一問，清住低著頭搖頭，悶聲回答：

「站上舞臺沒特別緊張……」

（嗯，我想也是如此。）

清住是透過演戲釋放自己的人，對盡可能活得低調的日和來說難以想像，但清住對站在舞臺上表演，暴露於大眾目光下沒有絲毫恐懼。反倒可說，沒有表演的舞臺與機會，沒有人需要才讓他感到痛苦。而這點似乎十年來始終如一。

「那，是搞不清楚自己是誰了嗎？」

「沒有……不對，或許就是這樣。角色有點……」

清住不安穩地顫抖著聲音支支吾吾，但他說著「沒問題」更正自己的說詞：

「我沒有恐慌，只是有點睡眠不足，開演前想要休息一下而已。」

「這樣啊。」

（是過度專注了嗎？）

《Mr. α》——清住確實已是擠身主演級演員行列的人，而這個角色困難到讓他陷入如此困境嗎？日和邊想，拍撫後背的手移到清住頭上。

大概是造型師細心養護吧，都過了十年歲月，清住的頭髮比高中時代還要有光澤，只有硬質觸感與高中時無異。只是這點小事就讓日和感到銘刻在心的懷念，嘴角不禁綻笑。

「我只要維持這樣就好了嗎？」

「對。」

清住點點頭，雙手環住日和的腰，兩人的身體貼得更緊密。

（嗯——……）

他現在沒有情人嗎？應該不可能沒有，那現在和自己貼得這麼緊密真的好嗎。

清住深深吸飽一口氣後又吐出，嘆息般低語：

「……是日和……」

那是意識敵不住睡意即將渙散，卻又拚了命掙扎的聲音。日和笑得更深：

「是我喔。」

「你哪也別去。」

「不會走，學長醒來前我都會在這裡。」

「日和……你好香……」

他又再次呢喃般呼喊日和名字後放鬆，他的意識如熱平底鍋上的奶油般迅速失去輪廓，陷入沉眠中。

日和在那之後立刻連繫加藤，告訴她會晚一小時回去。雖然也寫上「要不然就請臨時歇業」，但她似乎會獨自顧店到日和回去為止。儘管事發突然，她真是位可靠的員工。

日和隔著毛毯輕撫清住肩膀時，白井在沙發旁彎下身湊近日和臉龐，悄聲詢問：

「不好意思，中谷先生，請問你和清住是怎樣的關係……？」

白井的聲音參雜些許緊張，十分警戒。從保護演員「清住章吾」的立場來看也是當然，日和微笑著想讓他放心：

「我是他高中學弟。」

日和沒有說謊，雖然全部坦承也無所謂，但這還是先跟清住確認後再說比較好吧。

白井帶著看不出真意的表情說「那是……」，又立刻閉上嘴。

「請問有什麼問題嗎？」

「沒事……清住他從高中時就會這樣嗎？」

「這樣是指？」

日和不懂提問歪過頭，白井傷腦筋地繼續說：

「還請千萬別外洩，他偶爾會因為過度專注而身心狀態失調。感覺中谷先生似乎相當清楚該怎麼應對他這樣的狀況……」

「白井先生不認識高中時代的清住學長嗎？」

白井搖頭回應日和的疑問：

「我從他本人口中聽過高中時的事情，算有一定程度掌握。但清住是在升上大學之後，才轉籍到敝公司旗下。」

「這樣說也是。」日和點點頭，對白井真心對待清住的態度深有好感。這人也是將清住推上今日地位的恩人之一，所以認為老實告訴他也沒關係。

「高中時狀況更糟。我想你應該知道，清住學長在從童星轉型到演員的過渡期中有很多不順遂，也很掙扎……我是他的學弟，他在我面前也還是有所保留，即使如此在身邊看著，他的痛苦仍舊讓我感到難過。受到所有人認可、期待的alpha的他，以及無法隨心所欲演戲，得不到角色，感覺沒有人需要……其他還有各種理想與現實的差距就是原因。他常常說著睡不著，然後把我當抱枕。不知道為什麼，似乎只要這樣黏著我就能放鬆入眠。」

過去曾一起睡——也就是幾乎坦言兩人間是那樣的關係，儘管如此白井也沒太大反應，認真地點點頭。

「我在他升大學後才直接認識他，清住走紅之後也曾嚴重身心失調過。」

走紅後，這句話讓日和心頭一顫，正好是和日和分手那時。但認為清住是因為和他分手而身心失調也只是太自視甚高了而已。

「當時是靠就診治療撐過去，在那之後，只要我多加注意就沒有引起太大的問題，但最近又開始出現症狀了。」

「最近是指？」

「具體來說，是從這齣舞臺劇排演工作開始。」

聽到「這齣舞臺劇」後率先想到劇名《Mr. α》，這是日和對清住施展的魔法。不知何時要解開，「Mr. α」演員的「清住章吾」這個魔法——這讓他回想起不被需要的那個時期了嗎？可是現在，應該所有人都認為他一帆風順才對啊。

「請問清住學長有什麼煩惱嗎？」

「不清楚……他不是會示弱的人……」

「……這樣啊。」

（現在肯定也有表面看不出來的煩惱吧。）

即使是貨真價實，眾人崇拜的理想alpha，也有和beta的日和相同——有時還更甚於他的煩惱，也會挫折。別無其他，是和他交往期間得知的事情。

白井是支持他的人，但也因為是工作伙伴，或許很難說出口。沒有其他可以抱住他，對他說可以不當演員「清住章吾」的人嗎？

（你就是愛耍帥啊。）

帶著憐愛輕撫清住裹在毛毯中的寬闊肩膀。

白井體貼地問：

「中谷先生，你要用點什麼嗎？」

「沒關係，你不用費心。」

「我也只能做這點小事。飲料的話，有熱咖啡或熱紅茶，再來就是自動販賣機的飲料……」

「那麼，請給我熱咖啡。」

「我明白了。」

白井站起身，用熱水瓶的熱水替日和沖了濾掛咖啡，日和用慣用手接過，喝了一口。

「請問可以稍微離開一下嗎？」

白井一問，日和有點不知所措。還真虧他放心數度讓劇團首席搖錢樹的清住，和來路不明的花店老闆獨處，不過看見清住這個樣子也信任日和了吧。日和點點頭，白井留下「那十分鐘左右後回來」便走出休息室。開演前還有點時間，但他肯定得去向各方致歉吧。

寧靜的空間。四坪大小的房間一邊是一大面鏡子與梳妝檯，另一側有矮桌和沙發，以及吊掛服裝的衣架。一套有點花俏，英格蘭格紋的西裝掛在上面。在擺滿矮桌、化妝檯，甚至於地面的蝴蝶蘭花籃中，擺在矮桌上最醒目位置的，是日和做的花籃。

——蝴蝶蘭這類的，反而可說很討厭。

日和想起清住曾這樣說過，他說，很像好幾張相同的虛偽笑容並排著看人的感覺。能把這麼多蝴蝶蘭擺在休息室內，他已經不討厭了嗎？

無事可做的日和一手輕撫清住背部，一手滑手機看網路新聞。

影劇新聞突然跑進視線中，日和臨時起意搜尋。輸入「清住章吾」、「舞臺劇」、「藝術文化劇場」等關鍵字後，立刻找到尋找的網站。

《Mr. α》——這是美國年輕新銳編劇寫的劇本，在歐美榮獲無數大獎，這是首次在日本舉辦公演。清住飾演被譽為「Mr. α」的完美白種人alpha男性。家世好、外貌佳，腦袋聰穎且才華洋溢，人品也極佳的alpha青年實業家。故事是從愛慕女主角的beta男性視角，來描寫男主角與華裔beta女性間的愛情——

「……《Mr. α》啊。」

日和不禁喃喃自語，因為編劇的國籍，除了白種人這點無法符合外，其他符合男主角條件的，幾乎只剩清住一人。

（我覺得這應該不是你無法應付的角色耶。）

還是說，因為扮演與自己太相近的角色，入戲過深了呢？

清住的演技，是他長年努力培養出來的東西，但基礎仍是他的天賦。正因為如此，他才無法停止演戲。而當過度專注演戲時，一旦入戲就會變了一個人。偶爾甚至會輕忽清住本人的生活與人格——正因為如此，日和才有辦法對他施展「Mr. α」演員「清住章吾」的魔法，而他也按照這個設定成功獲得活躍的舞臺。

（……不懂。）

這是當然，就連朝夕相處那時也不完全了解清住，現在的日和怎麼可能懂。

長年限制自己搜尋的反彈讓他無法停止，又看了幾個與清住相關的網站。不管免費的百科事典，還是影劇網站，基本上都在誇獎他從童星完美轉型演員，以及現在的演技，乍看之下沒有任何煩惱。話說回來，就連幾乎要從舞臺上消失的高中時代，旁人也看不出他有煩惱，所以很能理解外人所寫的東西不可靠。

（……別看了。）

日和關閉瀏覽器。

與他交往那時也就算了，現在的日和與清住沒有任何關係。看那些與自己相同，只知道清住表面的人所寫的報導來追究也不可能真正理解清住的煩惱，就算能理解，日和也無能為力。

（希望有人可以陪在現在的你身邊。）

腦海閃過十年前遠遠見過的那位omega女演員。他和那個人還在交往嗎？不管是否，他如此有魅力，不可能沒有情人。不管圈內還是圈外，不管omega還是alpha肯定都任他挑選。

初戀的殘骸刺痛日和心胸，但比起自己的心情，日和更希望清住不孤單。現在的日和能為他做的，頂多只有讓他好好沉睡一小時。

從口袋中拿出無線耳機，播放想冷靜時都會聽的樂曲，回覆花籃製作委託的信件。白井也在中途回到休息室，朝日和致意後在梳妝檯前的椅子坐下，拿出平板電腦工作。

一小時緩慢地，卻也一轉眼就過去了。

手機鬧鈴響起的同時，前一秒毋庸置疑還在沉睡的清住突然起身。一臉還睡不夠的不悅表情，卻連這種表情也好帥氣。

（仍舊沒變呢。）

日和再次感受所謂的美男子就是這麼回事吧。

「睡得很沉呢，有稍微覺得舒服一點了嗎？」

清住看著日和的臉，一時之間露出不理解自己身處何處、在做什麼的表情。

「學長？」

日和喊他後，清住沉默一會理解狀況，才回答「啊啊」。連隨意撩起頭髮的動作，也俊俏得叫人惱怒。

「有辦法上臺演出嗎？」

「有。」

如此回答的聲音，和睡前不同相當穩定。

「這樣啊，那太好了。」

（看起來沒事了。）

日和放心從沙發上起身，讓清住躺在腿上一小時，大腿有點麻，但還不至於無法行走。

「那麼我先告辭了。」

說完後打算要離開時。

「日和。」

「請等一下。」

清住與白井同時開口喊住日和，日和轉過頭：「還有事嗎？」

「不好意思，今天真的非常感謝你。因為就快要開演了，想要改天再好好致上謝意……」

「不用謝沒關係，我和學長過去也有點交情。」

打斷白井的話，日和揮揮右手。然而當再度想走出休息室時，這次有人從背後抓住他的手。

「日和，等等。」

還有什麼事情嗎？清住對困惑的日和說：

「連絡方法，告訴我你的連絡方法。」

「不用，真的不需要道謝……」

「不是那樣。」這次輪到清住打斷他的話。

「我想要知道你的連絡方法。」

這股魄力已經超越認真，來到恐怖等級。日和更加困惑了。

「為什麼？」

現在的清住和自己毫無關係，為什麼如此想知道自己的連絡方法呢？

可是清住聽到這句話大受打擊，他身邊的白井也露出驚訝表情。

（咦？為什麼？）

拒絕清住章吾詢問連絡方法的要求是如此難以置信的事情嗎？對日和來說，

才覺得他們大受打擊很不可思議。

「連絡方法就寫在那張送貨單上，那先告辭了。」

日和手指送貨單，趁著兩人視線轉過去的瞬間，解開握住他的手。

在轉動門把拉開門時，一隻大掌越過日和臉龐用力壓上，粗暴地將門關上。

「磅」的巨聲響起，白井也慌亂地喊著「清住先生」。

美聲在耳旁細語：

「日和，轉過來看我。」

這勉強算「請求」的一句話，但對日和來說是不由分說的命令。傷腦筋了，不想看見他的臉啊，看到後絕對會湧出感情。如此一來，日和就會想要答應他的請求，正如高中時無法拒絕他的告白一樣。

（這種做法太狡詐了吧。）

雖然氣惱，但當清住再次強而有力呼喊「日和」時，日和無法充耳不聞。

「真是的，到底有什麼事，我不快點回去店就——」

抱怨在此中斷，因為轉過頭時，對上清住注視自己的雙眼。

（……為什麼要用這種眼神看人啦。）

幾乎讓人誤會遭憎恨狠瞪的強力視線。但並非如此，閃閃發亮的那雙眼，透露出對獵物想逃脫的不耐，對追趕獵物的興奮，那是隨時會撲上前緊咬的肉食動物的眼神。

投注而來的激情令日和畏縮，清住那平常被理性枷鎖牽制，重重隱藏起的alpha本性，現在被釋放開了。就連交往當時，或許也不曾直接承受過這般激烈的情緒。

「……學長。」

好恐怖，雙腳幾乎要發顫了。卻深受吸引而無法動彈。日和是beta，和本能期待遭alpha捕食的omega不同。儘管如此，清住的alpha氣場強大到足以誘發日和出現相同衝動。

與強烈的視線相反，清住懇求地把額頭抵在日和肩頭，努力從喉嚨擠出聲音說：

「日和，拜託你，留在我身邊。」

「學長……」

他到底想要說什麼？該不會是——

（不，這不可能吧，那都十年前的往事了耶。）

雖然這樣想，但感覺腦袋某處已經理解清住想要什麼。

（咦？真的假的？）

現在在這裡？白井也在場耶？不用隱瞞兩人的過去嗎？

不理會日和的慌張，清住沒停止說話：

「我一直很後悔和你分手，不應該讓你就那樣淡出，應該要好好追上去才對。我只有你了。所以和我再一次……」

「不可能。」

日和發現時，已經打斷清住的話了。雖然知道很失禮，但沒辦法繼續聽下去。

——我只有你了。

聽到如此渴求，就會想要實現他的願望。

「對不起，不過那不可能，請去找其他人吧。」

說完後，拉開清住頓時無力的手，這次真的走出休息室。

「——！」

關上門的瞬間，靠意志力壓抑的緊張、悸動、衝動……以及各種情緒一口氣爆炸，被清住抓住的手不停發抖。

（他說「我只有你了」耶……？）

忍不住發出乾笑。

真虧眾人崇拜的「Mr. α」能說出這種話，那個人真的理解自己是「清住章吾」嗎？

明明覺得不可能，另一股情緒卻慢慢湧上心頭。

如果那麼喜歡，為什麼要和自己分手呢？十年前那時，他拋棄日和選擇了omega女性不是嗎。那為什麼事到如今還想要和日和復合呢？

「真的是，事到如今還說些什麼啊……」

喝斥沉重的雙腳，日和迅速從員工出入口走出去。

喜歡上清住，和他交往，和他分手，日和從未後悔過任何一件事。日和無法不喜歡上他，他也喜歡日和。交往那時相當幸福。雖然分手很痛苦，但也認為是無可奈何。儘管現在會覺得，就算當時身體不適，也該好好和他面對面坐下來談，甚至應該要痛罵「你這個渣男！」給他一巴掌，確實接受結果後分手才對。

但那時，對十八歲的日和來說，斷絕連繫已經費盡心力。不是討厭才分手，所以希望他過得好，如果有需要也想幫忙。如果無法站上舞臺，就想要助他站上舞臺——但那不是以情人身分。

（十年前已經結束了。）

「學長。」日和裝作正在對清住說話，其實是在說服自己。

十年前，即使周遭閒言閒語「為什麼清住章吾要和那種平凡的 beta 男性那麼要好啊？」仍和清住交往。雖然相信清住的心意，但對此抱持最強烈疑問的也是日和自己。結果對自己沒自信，拿身體不適為藉口，沒有好好面對他就分手。明明見過清住因 alpha 獨有的煩惱而痛苦，明明知道他們 alpha 也有 alpha 的煩惱、痛苦，而這是所有人類共通的事情，結果日和仍然無法逃脫男人、女人，alpha、 beta、omega這類的束縛。

經過十年，正如他成為真正的「Mr. α」一般，日和也算是個大人了。花店的經營上軌道，開始有了自信，卻也因此變得膽小，很害怕再度經歷相同失敗。

現在的清住，如同日和的期望，隨心所欲發揮他「年輕實力派演員」之名。幾乎沒有緋聞，甚至有新聞節目的影劇記者拿「乾淨到一點也不有趣」當哏來說，偶爾傳出什麼也都是omega或alpha的女性——也就是說，完全是社會默認的期望。

日和現在仍喜歡清住，所以更不能犯錯。不管清住有什麼打算，平凡的beta都不能與他進一步深交。

3

「日和店長……日和店長？」

「咦？」

一隻手在眼前揮動，日和這才回過神。加藤表情訝異地看著他。

「對不起，什麼事？」

「這個，插花海綿，你把這剪得這麼細碎是要幹嘛啊？」

「咦……？呃，我的天啊！」

低頭看加藤手指的地方，日和不禁大叫。

原本打算要把製作花籃時用的吸水海綿剪成容器大小，但不知何時已將海綿剪碎，手邊滿是綠色的海綿碎片。

「哇……這該怎麼辦啊。」

日和向加藤露出苦笑，加藤皺起臉來。

「這可不是開玩笑耶，用剪刀時發呆可是很危險的。」

「啊——嗯，說的也是，我會小心。」

日和反省著收起笑容，加藤接著大嘆一口氣。

「日和店長，你是怎麼了啊？從前一陣子開始就怪怪的耶。」

「沒有，沒什麼特別的啊……」

日和邊從工作檯下方拿出新的海綿邊說，沒辦法正視加藤的臉。女人偶爾直覺敏銳，雖然就算是她也不可能猜中真相，但極可能丟出擦邊球。

聽見兩人的對話，嶋手拿澆水器走過來。

「怎麼了嗎？日和店長，難不成你又搞砸了什麼了？」

「『又』是什麼意思，日和店長，你和嶋一起顧店時也出什麼狀況了嗎？」

「對啊，他原本在剪玫瑰刺，結果不小心把花以外的部分全部剪掉了。」

「嶋！」

「但是在那之後變身成非常前衛的花籃，所以我覺得也無所謂啦。」

「我有看見那個……創新得幾乎叫人生氣，不過有那樣的前提難怪會變得如此創新啊。」

加藤狠狠盯著日和，日和視線游移。

「從結果來說，客人也很開心啊，就別計較了啦。」

「問題不在那裡，你當時也在用剪刀對吧，要是受傷了該怎麼辦啊。」

加藤用斥責孩子的語調教訓日和，日和垂頭喪氣說著「對不起」。

「日和店長，你在掛心什麼啊？之前店裡的電話也一接起來就掛斷了對吧。」

加藤擔心地問。

「沒有啦……」

日和想含糊其辭時，嶋接著說：

「該不會是YouTube頻道有黑粉留言吧？」

「沒有沒有。」
正確來說，日和根本沒確認每則留言。話說回來，花店製作生態瓶、沼澤缸，或是只有六角恐龍悠閒游來游去的影片，根本不可能有黑粉吧。
「或者是有顧客不喜歡你做的花籃嗎？」
「哇，怎麼可能，那我去替你報仇。」
「出現了，加藤前輩的日和店長至上主義。」
聽到加藤過度反應，嶋拍手大笑。雖然日和說著「沒這回事」安撫加藤，加藤用力轉過頭來。
「這麼說來，日和店長是從接到那個花籃的委託開始變得奇怪的吧。」
日和心頭一驚，就是因為會發生這種事才讓人恐懼，只能裝作不知情。
「什麼花籃？」
「送給清住章吾的花籃，這麼說來，你那天也很晚才回來。花上一個小時是做什麼去了啊？」
從意外的方向直逼核心，日和啞口無言。

「沒什麼啊……」

「什麼回答。日和店長，你去送花籃時發生什麼事了？該不會是見到清住章吾之類的？」

嶋也充滿好奇地看著日和，日和不知如何回答。此時發現有人站在花店門口，日和開口說「歡迎光臨」。加藤和嶋在沒有顧客時都很自由，但有顧客光臨時會維持該有禮節。日和滿心感謝來客救了自己一命。

但是。

「歡迎光……」

加藤語尾的「臨」消失得無影無蹤。

門口的特大愛心榕的葉子還調整高度到身高一百八十公分的人也不會勾到，彎身鑽過愛心榕進入店裡的，就是這幾天——加藤口中「那天」起，深刻烙印在日和腦海中不肯離開的男人。

「……學長。」

嶋目瞪口呆地就要大聲尖叫，加藤急急忙忙摀住她的嘴巴。

清住瞥了兩人一眼，嘴角微笑著，伸出左手食指抵在唇上「噓」了一聲。加藤嶸聲頻頻點頭，紅了一張臉。被她摀住嘴巴的嶋，在清住的性感攻擊下幾乎要昏倒。

日和痛切理解兩人的心情。被清住這般奇蹟等級的男子漢，用可愛表情的「要保密喔」招式攻擊，普通人根本無從招架。

（這個人真是的……）

雖然感到真受不了，但日和心中某處鬆了一口氣。

在那種狀況中分別，而且有留下送貨單，日和有預感清住遲早會上門。不過也可能不會來，那或許只是日和太得意忘形。可是他或許會來，如果要來會何時來？會用怎樣的方法現身？舞臺劇演出期間應該很忙，所以會是休演日嗎？如果到時店裡只有自己一個人該怎麼辦……腦海充斥著各種想法，心情無法放鬆，所以「啊啊，原來是今天啊」的想法更加強烈。不是在獨自一人時上門真是太好了。

「你好，請問在找什麼商品嗎？」

日和滿臉笑容，將他當作一個顧客說話。他毫不躊躇地朝日和所在的工作檯前走近，雙手捏住日和的雙頰，接著把臉頰往兩側拉開，呼喊「日和」。

「幹什麼啦。」

日和自認說出這句話，但實際上糊成一片。日和不禁對自己的愚蠢笑出聲來，拍掉清住的手重新再問「做什麼啦」後瞪著他。

「我才要問你吧。」

清住露出高雅的紳士微笑，只用視線瞪回去，他還真是能幹。

「不理會我的電話和郵件，你到底想怎樣。」

「如果是關於『委託』，我應該已經明確拒絕了。」

「在那之前，你根本沒給我說話的機會。你該不會以為可以逃掉吧？」

「學長才是，該不會以為世上所有人都喜歡你吧。」

「但你喜歡我對吧。」

聽見清住理所當然的回答，日和不禁睜大眼。這不僅讓日和害臊起來，甚至忍不住失笑。

「你是這種人嗎？……不對，說不定真的就是這樣吧？」

「日和。」

「總覺得我好像過度美化記憶了，但算了，反正也不是因為討厭你才分手的。」

日和大方承認，喜歡他，其實一直喜歡著他。然而當他說著「既然如此」打算繼續說下去時，日和先發制人。

「雖然這樣說，我也沒打算和你復合。」

清住一臉無法理解。

「為什麼。」

「這不是當然的嗎，就算現在復合，也只是重蹈十年前的覆轍而已。只是差一個年級都無法順利了，更別論我們現在是不同世界的人，根本不可能順利。如果你煩惱睡不著，我可以出借大腿讓你躺。要不然要當炮友也行，但就是不可能當你的情人。」

「……！」

日和說完後，清住頓時沉默。欲言又止地張嘴又閉嘴。

「請問只有這件事嗎？」

日和往結束對話的方向詢問後，他搖搖頭：

「……不，我想請你替我做個花籃。」

明顯為了填補空檔的不必要購物，但開花店的日和點點頭：

「是要送禮嗎？還是自家用？」

「自家用。」

「我知道了，請問你的預算和想要怎樣的東西。」

日和把清住當成顧客應對，清住也淘淘不絕回答：

「以尤加利樹為主體，可以放在五十公分乘以九十公分矮桌上的尺寸。價格隨你。」

「我明白了，那需要一點時間……」

「沒關係，我在這邊看你做。」

「……我明白了。」

從玻璃櫥窗內拿出花材，圓葉尤加利、加寧尤加利、長葉尤加利，以及有許多小果實的多花尤加利，和有鈴鐺狀大果實的紅花傘房尤加利。把現有的全拿出來，光尤加利樹就有五種。又拿出黃金銀樺以及輕柔如纖細綠色絹絲般的纖枝稷搭配，接著看整體協調感。

「請坐。」

加藤貼心地把結帳櫃檯後的高腳椅拿出來給清住，嶋顫抖著雙手端來咖啡。清住在高腳椅上坐下，放鬆地看日和製作花籃。

日和在自然色調的花器中放進插花海綿，手腳俐落地使用剪刀。尤加利樹清爽冷凜的氣味飄散，和咖啡的香氣融合在一起。

「哪個是由加利樹？」

清住輕聲問。花籃製作大抵都會事前預約，不太有機會像這樣在顧客面前製作。這讓日和想起兩人初識時的往事，不小心和他閒聊起來。

「你覺得是哪個？」

日和一問，清住「嗯」地思考後：

「我記得種類相當多吧。」

「是呀。」

「那麼，你現在手上拿的那個，還有旁邊的。一旁細長葉子的……還有那個有小果實的也是？」

「答對了，另外這個也是喔。」

日和拿起紅花傘房尤加利給他看，圓滾滾的果實乍看之下與其他尤加利不同，清住愉快地咯咯笑。

「你還是一樣喜歡有趣的花耶。」

這試圖勾起過往回憶的發言令日和苦笑，只回答「是呀」。

「你說過想開一家賣觀葉植物的店，夢想實現了呢。」

「托福，前年開的。」

「一切順利真是太好了。」

清住聲音裡帶著溫柔笑意，真希望他別這樣。就算不抬頭看也能想像他現在有什麼表情，肯定溫柔彎起俊眼注視著自己。

日和不自覺咬唇。雖然是十年前的事情，但日和覺得提及床笫間的對話是違反禮儀。臉頰逐漸發熱。如果他真想追求自己，這只能說是「狡詐」了。

專注在工作上迅速做完花籃，展示給他看問：「你覺得如何？」活用五種尤加利樹自然風貌製作出的觀葉植物花籃。還加上乾燥繡球花點綴，握把用麻製緞帶裝飾。

「除了可以趁新鮮時觀賞，之後也能乾燥後做成裝飾品。」

清住聽完說明後點點頭，說了「謝謝」。沒問價格就從口袋中拿出信用卡交給日和，理所當然是張黑卡。

「已經快關店了吧。如果方便的話，待會要不要一起去吃飯？」

「很不湊巧，我今天還有事。」

「那明天。」

「明天也有事。」

「後天呢？」

「隔天早上要早起。」

接連拒絕後，清住苦笑：

「那我換個問法，你接下來什麼時候有空能和我吃飯？」

「只要你想要追我，那就永遠不會有時間……如果對這個價格沒問題，還請輸入卡片密碼。」

日和輸入金額後，把讀卡機轉向面對清住。清住輸入密碼後喊了「日和」。

「這是你的信用卡，這個是交易明細以及收據。」

「我會再來。」

趁著收回卡片時，清住包住日和的手背輕輕一撫。往工作檯上探出身子，在日和唇上落下羽翼般輕吻。

「學長。」

日和不禁單手摀住嘴。聽著背後傳來日和紅著一張臉的斥責，清住抱著尤加利花籃走出去。

「謝謝光臨。」

加藤和嶋異口同聲大喊。日和用力搓拭遭偷吻的唇。

在開店當時，日和曾隱約想過，如果將來有天能讓清住看見這家店，如果有天能做花束或花藍給他……但這一幕與想像的差太多了。日和沒期待他會做這種事。

「啊——真是的。」

試圖忘記這個，轉過頭看兩位員工。

「累死人了，今天就收一收，然後去吃頓大餐吧。」

作為機靈地貫徹靜觀直到清住離開的員工代表，加藤舉手回答：

「我們要求高級肉當封口費。」

如同「我會再來」的宣示，清住在那之後三不五時會上門光臨。

第二次出現在店裡時開口第一句話就是「我看了你的 YouTube 了。」不只日和，連在旁的嶋也噗哧一聲。現正當紅的實力派人氣演員看 YouTube……也是，每個人都會為了娛樂看 YouTube 啦，可是想像清住章吾用手機小螢幕看「六角恐龍的閒適沼澤缸生活」的樣子就覺得很不真實。

（但這樣說起來，他很喜歡可愛動物呢，像是貓、狗，還有貓熊之類的。）

就在日和思考這種事情時，他到YouTube上介紹的沼澤缸與苔蘚生態瓶的展示區逛看，然後在六角恐龍的大水族箱前蹲下。從天花板到地板的牆面都用岩石覆蓋，種植青苔與觀葉植物，水如瀑布般從天花板到腳邊的水槽循環流動。這裡就是這家店最有名的大型牆面沼澤缸。

「牠叫烏魯對吧，聽說牠和你在這個圈子裡都是名人耶。」

「我不清楚你『名人』的基準在哪。」

「全世界有好幾萬人追蹤，這些人都知道你的臉和名字，已經是十足的名人了吧。」

——有種「聞名天下的清住章吾來說這種話很沒說服力耶」的感覺。

他就在水族箱前動也不動，所以嶋搬來椅子給他。今天也附上咖啡一杯，雖然是自己的店，還是讓日和覺得人帥真好。

喝完咖啡後，清住買了三個小苔蘚生態瓶回家。那是直徑十公分，高約十五公分，種植苔蘚的玻璃瓶。同時還預約了店裡開設的沼澤缸工作坊，第三次就是來參加工作坊。

沼澤缸就是利用苔蘚、植物、岩石以及流木，在水族箱中做出水陸兩種造景。主要種植熱帶植物，但因為在日本大多置於常溫之下，所以多會選擇相對抗寒的植物。

「不是有水在岩壁上流動的那種嗎，我想要那個。」

「你是說人工瀑布嗎，可以喔，下面會有小水窪，你打算養什麼嗎？」

「想養六角恐龍。」

「那最大會長到三十公分，所以水族箱最小也要六十公分大，還有，小時候的飼料是紅蟲喔。」

「紅蟲？」

「小小細細很像蚯蚓的東西。」

「……我要用紅色和白色的蝦子，我在YouTube有看過。」

「我知道了。但我們店裡沒有賣蝦子，要請你到專賣店或是寵物店購買。水大約會蓄滿水族箱三分之一左右……要做陸地嗎？還是只想要岩壁？」

岩石顏色、底沙顏色、種植的苔蘚與蕨類植物的種類……邊聽取清住的要求邊製作，不到兩小時就完成一個二十公分見方的小小沼澤缸了。

看著小瀑布的潺潺流水，清住淡淡輕語：

「這真棒，綠色植物和水流都好棒，感覺可以永遠盯著看。」

「是呀。」日和也同意。綠意與水流的療癒效果，這是喜歡沼澤缸和苔蘚生態瓶的人最常舉出的魅力。這家店經營的YouTube頻道中，播放次數最多的其實不是解說製作及養護方法的影片，而是烏魯悠閒過生活的模樣，以及有迷霧與水流的沼澤缸影片。

（……這麼說來，這個人有好好睡覺嗎？）

突然感到在意，但感覺只會招來不必要的麻煩，所以沒問出口。

在那之後，清住持續上門委託工作。

想送花籃到朋友的舞臺劇的休息室。照顧自己的導演生病住院了，所以想要做個探病用，不會有花粉的花籃。常去的咖啡廳重新改裝開幕，想送祝賀花籃。

朋友看見清住做的沼澤缸之後也想做一個，可以把店介紹給他嗎……

他會為了這些委託上門，順便追求日和。

「我工作去了倫敦一趟，買了禮物來給你。」

「有人告訴我一家好吃的義式餐廳，要不要一起去。」

「我想要和日和多待一會。」

日和不僅沒告訴清住私人連絡方法，也禁止他用店裡的電話講私事，所以想追求日和就只能這樣做。不過因為清住太常來店裡，且每次都有表現追求，日和逐漸開始感覺這彷彿是自己想討拍。

「學長應該不用堅持要我，你身邊有很多更優秀的人吧。」

雖然說過很多次，但清住聽不進去。

「在你的業界有非常多alpha和omega，為什麼是我？」

「沒有任何一個alpha或omega能取代你。」

聽見清住理所當然如此說，日和有點煩躁。別擺出那種「故意想讓我說出這句話還真可愛耶」的表情，明明一度拋棄日和選擇了omega啊。

「……」

怨言差點脫口而出，日和瞬時緊抵雙唇。明明已經接受那是無可奈何的，實際上，到重逢前也幾乎遺忘了那件事，事到如今不想要知道自己的真心話。

然而嶋還會隨口要日和復合。

「又沒有關係。被清住章吾追求，還有什麼不滿啦。」

「不是不滿。十年前就是有原因才分手的，我不想要再重蹈覆轍了。」

「但十年前店長和清住先生都還沒滿二十歲對吧？你們彼此應該都改變許多了吧？」

「嗯，是不會要你和他復合，但差不多告訴他LINE帳號也沒關係了吧。那個人，絕對是翹掉工作來的。」

就連加藤也這樣說，日和感覺自己四面楚歌。

這天，清住也跑來Plants shop花日和，邊看著烏魯的水族箱邊喝咖啡。

「清住先生最近一直待在水族箱前不走耶，他不是很忙嗎？」

加藤在日和耳邊竊竊私語，日和差點噴笑出聲。一開始只要清住出現在店裡都會緊張得臉紅的她，現在已經完全習慣了，看她這個樣子，或許開始感覺清住有點礙事了。日和對把她捲進這複雜的人際關係中感到抱歉，不過清住基本上是個大顧客，也不能把他趕出去。

日和邊養護工作檯上的苔蘚商品邊回答：

「嗯，如果要說忙碌，他應該一直都很忙碌啦……」

「這麼說也沒錯。之前那齣舞臺劇的評價也很棒，聽說很快就決定再次公演了。」

「是嗎？那真是太好了。」

日和說完後，加藤傻眼：

「只有『是嗎』。再怎麼說，清住先生也太可憐了。」

「因為我又不看舞臺劇，電影和電視劇也只看最流行的啊。」

「就算這樣說，你起碼也關心一下情人的評價吧。只要註冊雅虎新聞，系統就會自動推播關注的藝人新聞喔。」

「呃，我們不是情侶。對前男友做到這種程度也太噁心了吧？」

不小心洩漏出感到麻煩的真心話了。加藤冷眼一瞥。日和不自在地接續話題。

「……前一陣的舞臺劇是指《Mr. α》嗎？」

「對啊，肯定會成為他的代表作。理想結婚對象的完美alpha，就是清住先生的化身嘛。」

「是啊。」

隨口贊同後，加藤回了：

「什麼嘛，原來日和店長也這樣想啊。那答應他不就得了？」

「不不不。」

清住是理想結婚對象，與日和要不要和他復合是兩回事。

「妳不也說過，高中那時已經配不上了，更別說他現在可是完美alpha的清住章吾大人耶。我只是個平凡beta男性，完完全全不敢想像，太惶恐了。」

「就算這樣說，你實際上和他交往過，他現在也這樣熱情追求你耶。」

加藤語氣帶笑地說著，但對日和來說反而是正因為如此。正是知道alpha的他到最後仍舊選擇了omega，所以才不想重蹈覆轍。

毛帽加上黑色粗框眼鏡，嘴邊淡淡鬍渣，日和看著變裝後悄然混在店裡觀葉植物枝葉間的清住。雖然這狀況讓人不自在，但聽到他說「只要讓我待在這裡就好了」，也會覺得「算了，這點小事就允許吧」。

舞臺劇公演首日才發生那種事，日和有點擔心他。那之後沒聽到清住章吾累倒或是工作開天窗之類的傳聞。就算真有什麼事，日和也沒得意忘形到認為能幫上忙。只不過，隱隱約約察覺對現在的清住來說，很需要這樣在日和店裡發呆的時間。正如同喜歡苔蘚生態瓶及沼澤缸的人讓瓶中綠意撫慰身心一樣，對清住來說，這家店本身就是撫慰的場所。

（算了，如果就乖乖待在那邊的話……）

邊聽潺潺流水聲邊清洗沙子，還想著最近顧客數量突然增加，似乎是受到清住在社群網站上張貼自己做的沼澤缸影片的影響。雖然沒有說出「Plants shop花日和」，但這方面還沒有太多專賣店或實體店面，只要上網搜尋最後都會找到這家店。苔蘚生態瓶和沼澤缸的銷量驚人。

（名人在社群網站上介紹的商品會賣到缺貨的都市傳說，原來是真的啊。）

雖然很想對他說也好好考慮自己的影響力啊，但他是從孩提時代就深刻理解演藝圈處世之道的人。真要說起來，苔蘚生態瓶與沼澤缸供需方面的事情對他來說才是預料之外吧。

苔蘚生態瓶交給加藤製作，日和則是動手做缺貨的小型沼澤缸。

用熱熔槍在創造小型瀑布的水循環裝置上貼上裝飾用的熔岩。把裝置整體用岩石覆蓋起來後，放在水族箱壁面，接著再用岩石及流木在旁做出基本牆面。冒出水面的部分用鑷子種上苔蘚或迷你觀葉植物，在蓄水的底部鋪上沙子。接著試著放水流，整體調整後就完成了。日和一小時就能完成一個。

正當日和要著手做第二個時，感覺花店的自動門打開，慌張的腳步聲跑進店裡來。龜背芋葉「唰」的一聲被分開，「找到了！」大叫聲響起。

「清住先生，你在幹什麼！拍攝工作要開始了！」

是白井。在休息室見到時他給人穩重的印象，但今天似乎毛毛躁躁的。清住也表情慌張地站起來。

「對不起，已經這麼晚了嗎？」

「我傳了好幾次LINE給你，你都沒看到嗎？再過四十分鐘就要拍攝了。」

白井急忙拉著清住朝門口走去，突然轉過頭來，和日和對上眼後睜大眼睛。

「啊，是前一陣子的。」

「我是中谷。」日和點頭致意。儘管是清住有錯，日和感覺像自己藏匿了清住一樣感到很不好意思。

「他最近常常說『在花店』，原來是中谷先生的店啊，驚擾你們真的很不好意思。」

「不會。」

「我們現在有雜誌採訪，等晚一點再過來一趟。」

白井說完後，拉著身形比自己大上一圈的清住走出花店。

「……他果然很忙碌耶。」

嶋一臉呆愣地說道，日和也點點頭「看來是這樣耶」。

那天關門前，白井守約再度上門。日和心中也有預感，果真不出所料，清住也和白井同行。日和讓嶋先下班，請兩人坐下後端出咖啡。

「白天在店裡造成騷動也沒有好好打聲招呼，真的非常抱歉。」

白井深深一鞠躬，額頭幾乎都要碰在桌面上了。

「沒關係，請問有趕上採訪嗎？」

「總算是順利趕上了。」

白井呵呵笑著搔搔頭說「我還是第一次用了手機的GPS追蹤功能耶」。他看起來老實，手段還真是凶狠啊。

「我聽清住說了，聽說他之前也很頻繁上門叨擾……」

「住院慰問、祝賀、舞臺劇祝賀等等，我們接過許多次工作委託。」

日和強調兩人之間只是顧客與花店的關係。雖然是清住在追求日和，但看在白井眼中，清住與日和之間的關係，應該是會成為當紅演員醜聞的惡苗吧。

「今天不知道有工作行程真的很不好意思。要不然，要我禁止清住先生上門也可以……」

聽到日和這樣說，清住繃起臉喊了「日和」，白井瞪大眼睛後大爆笑：

「我不是來抱怨這件事情的，還請安心。其實今天上門有一事相求。」

白井如此一說，反而讓日和繃起神經說著「是的」，不過白井說出口的話超乎日和想像。

「今天替清住拍照的攝影師，預定幾天後會再請他拍照。今天有種測試的感覺……我們預計要推出寫真集，攝影師和清住聊天之後，說了希望可以請貴公司負責花藝布置。請問意下如何？」

「要我們店來做嗎？」

嚇一大跳。日和知道有這類花藝布置的工作，但那多由雜誌或書籍編輯部，或是攝影師熟識的花店負責。

「對敝公司來說是難能可貴的機會，不過編輯部那邊……？」

「詳情在得到中谷先生回應後才會更進一步敲定，但我們已經緊急得到對方同意了。花日和在觀葉植物與南半球本土植物花藝的銷售方面有一定成績，而且這次的寫真集企畫全部以清住為重。」

（你耍賴了吧。）

日和輕瞪了清住一眼。

這大概是清住的任性要求。雖然擔心有沒有問題，可是關於工作也沒有特別拒絕的理由。

「如果願意給我們這個機會，對敝公司來說是很難能可貴的工作。」

儘管遲了許久，日和說著「不介意還請收下」遞出名片。「謝謝。」白井道謝後拿出自己的名片交換，看完日和的名片後很不好意思地開口：

「不好意思，請問中谷先生方便告訴我你私人的電話號碼嗎？」

「……可以是可以。」

對方似乎也發現日和滿心疑問，白井露出和善笑容：

「如果接下來要一起工作，我想連繫的機會應該也會變多。另外如果發生今天這樣連絡不上清住的狀況，或許也會致電給你。」

「這樣啊，這個人時常逃跑嗎？」

一說完，一直沉默不語的清住連忙開口：

「才沒那回事。」

「為什麼說得一副了不起的樣子，實際上今天就差點遲到了啊。」

「……那是因為在日和身邊太舒適了。」

「請別把錯怪到我身上。」

日和很是無奈，白井連忙替清住說話：

「但他今天真的是第一次出現這種狀況，清住先生真的對演戲相當認真且充滿熱忱……」

日和苦笑。根本無需特地將「我知道」說出口。

「把號碼告訴白井先生是沒有問題，但我工作中不會接私人電話。除此之外請你答應，即使是清住學長要求，也別把號碼告訴其他人。」

「清住不知道中谷先生的連絡方法嗎？」

白井睜大眼睛。日和回看他的臉，他果然懷疑兩人是情侶關係啊。另外，從經紀人危機管理的角度來看也是理所當然。

「清住學長是特別愛顧小店的顧客，我們深深感謝他。」

顧客與花店。日和滿臉笑容地再次重申除此之外沒有任何關係。

拍攝的前置作業，比日和當初想像得更加慌亂，在手忙腳亂中進行。

當初還很不安能不能掌握好與清住之間的距離，不過開始參與企畫後，日和專注在工作上，原本的擔憂完全沒發生。

這次寫真集的主題是「Mr. α」，雖然和舞臺劇沒有直接關係，但清住是能演同劇名舞臺劇的人種。理想的結婚對象，人人憧憬的完美alpha。寫真集的主題就是要拍攝「Mr. α」的演員「清住章吾」。

——「Mr. α」。

日和剛開始對糾纏不放的這個詞感到心情複雜，身為對過去的清住施加「飾演『Mr. α』」這個咒語的禍首，或許沒資格說這種話，但他認為這是只看見alpha人們的「α」面的詞彙。

只不過，先不論日和的複雜情緒，企畫本身易懂且充滿魅力。

再怎麼說，清住——由他飾演的最棒、最頂級的演員「清住章吾」，正如日和所期待的展現在眼前。一想像清住出現在企畫書描述的畫面正中央的模樣，腦海不停浮現想要使用怎樣的花材無法抑止。事到如今，就把拍攝對象是前男友，以及對「Mr. α」的複雜心境擺到一邊去，全力以赴來做新工作。特殊花材，而且高品質的東西需要花時間準備，時間上來看相當緊迫。即使如此，日和提案時不自覺越講越熱情，當回過神時，已經決定不僅在攝影棚中拍攝，還要到日和的店裡外景拍攝。

「我是攝影師木村。」

「我是Plants shop花日和的中谷，請多多指教。」

「請多指教，我有看你的YouTube，你做的事情很有趣呢。」

介紹給日和認識的攝影師木村是位隨和的人，但開始拍攝後眼神完全不同。日和對攝影、對演藝圈都是外行，所以除了花藝布置外貫徹旁觀，不過拍攝者的木村及被拍攝者的清住，用照片來表現的真摯態度震撼著他。

（這樣說起來，從來沒看過學長工作的樣子耶。）

交往當時清住工作不多也是個原因，除此之外兩人還是高中生。日和不曾和清住一起去工作，現在才發現頂多只看過他以話劇社成員身分站上舞臺。根本無從得知只是幾張照片的拍攝，竟辛苦得讓額頭冒出豆大汗珠。

「……好驚人……」

忍不住低喃，似乎聽到日和低語的白井呵呵一笑。說了「清住他……」後立刻改口「清住先生他」，經過這次工作後，白井似乎已經把日和視為「自己人」了。

「似乎怎樣都無法接受攝影機拍下自己最真實的一面，雜誌採訪時的幾張照片也就算了，他遲遲不肯答應拍攝寫真集。但前陣子演出《Mr. α》後，好像有了不同的想法。」

「……這樣啊。」

「他說，如果是拍攝飾演『Mr. α』演員『清住章吾』的樣子，那他願意。這說法很奇怪對吧，他自己就是名符其實的『Mr. α』啊。」

白井說完一笑，但日和或許能理解清住的想法。

他現在扮演著粉絲們理想憧憬中的完美alpha。與日和對他施展魔法，讓他在電視劇試鏡上贏得角色那時相同。

正因為清住是完美alpha，不能讓外人看見弱點。不僅鏡頭另一頭的粉絲，就連兩者間的攝影師、白井亦同。即使是alpha也會有煩惱也會受傷，明明需要一個可以看見真正的清住章吾，明白他、理解他、支持他的人在身邊啊。

（真正的你也非常優秀，為什麼找不到那樣的人呢？）

明明是個擁有天賜的容貌與才華，眾人憧憬的人啊——

「很棒喔，那接下來，請給我一個想著情人的表情。」

木村給出這種指示，清住反問：「情人嗎？」

「沒錯，『Mr. α』演員『清住章吾』的情人，如果實際上有那個人，想著對方也行。我想要一個想起對方感到無比愛戀的表情。」

清住稍微看了日和一眼，那僅僅一瞬，大概除了日和外沒其他人發現。

（別這樣。）

日和認真頭痛起來。

只在情人面前展現，融化人心的甜蜜表情，私底下和情人嬉鬧的感覺。以及只在床笫間出現，熱情的情人表情——每張表情都有日和熟悉的影子。

並無言語，也並非直接行動，但清住正傾全力追求日和，控訴著「我當時是認真的，現在也認為你是我的情人」——

清住赤裸上半身，將日和準備的花卉如情人般壓在床單上，他抬起頭來的視線射穿日和。那是追捕獵物，隨時都要咬穿喉嚨的肉食動物的眼。

「……！」

心頭小鹿亂撞。

（這樣真的可以嗎？）

雖說是扮演「Mr. α」，但正如白井所說，這也是他本人。身為beta的日和聞

不到，不過清住現在肯定全力釋放alpha的費洛蒙，誘惑架空的「情人」。日和錯覺那不可能聞到的香氣竄進鼻腔，全身起雞皮疙瘩。

可以將這不只肉體，甚至坦露靈魂之物當作商品出售，讓不特定多數的人看見嗎？

被宛如禁忌——宛如連瞧見也感到愧疚的罪惡感，憐憫清住不坦露到這等程度無法表現出自己的感覺束縛。卻無法移開視線，不想移開。深受吸引，心胸騷動。想獨占不讓任何人看見的同時，也想將他推到全世界面前要大家看他。

這就是貨真價實的「Mr. α」清住章吾。

日和替他準備的花卉以南半球本土植物為主，這些大多都是在少雨的嚴峻大地上綻放的花朵。其野性與強而有力高雅的一面，更加襯托出清住的男性特質與alpha氣場。

這組照片設定為結束情事的淋浴後，頭髮溼潤且不著一縷的他手拿帝王花。

「啊啊，真棒。」

木村不禁脫口低語。

幾朵純粹、毫無偽裝，只是黎明顏色的碩大花朵。

再合適也不過。帝王花的花語就是「王者風範」啊。

「辛苦了！」

持續幾天的拍攝工作在日和的店裡畫下句點時，清住一如往常約日和吃飯。

「如果方便，接下來要不要一起去吃飯？」

由於木村的行程安排，過幾天才要舉辦慶功宴。

彷彿卸下附身之物，清住收起拍攝中毫不掩飾的強烈野性，現在的他已經變回日和認識的清住了。

十年前，日和所知的清住也是如此，專注到甚至讓身心失調，全神貫注在演技、用自己的身體表現上，但只要一結束就會變了一個人。看見現在的清住，無法壓抑的衝動悸動心胸。

日和也喜歡不加矯飾的清住。不過想要再見一次那展露全部的他。日和知道該怎麼做，接下來，只需要自己拋棄羞恥以及成熟理性了。

「要去吃飯也行。」

——可以嗎？真的不後悔嗎？

自問自答到最後一刻後開口。盡可能維持輕鬆自然的語調。

「要去飯店也可以。」

「——」

清住睜大雙眼看著日和，明明是自己提出邀約，他卻露出難以置信的表情。

「……是有什麼心境變化啊？」

「如果你要這樣說，那就算了。」

「等等。」

慰留日和的清住，探身過來看日和的臉，驚訝地瞪大眼睛，接著瞇起眼：

「……這樣啊，要讓你有那個意思，扮演『Mr. α』才是最好的方法啊。」

完全錯誤的推測讓日和稍微瞪他一眼。

「不是，誰說我喜歡 alpha 的啊？只是被你的工作表現煞到而已。」

每當拍攝架空「情人」設定的照片時，清住都會注視著日和。被那雙眼貫穿，看見他在鏡頭前表現出天真無邪，或者激情求愛的樣子，都會強制誘發日和的邪惡情欲。日和明明不是女人也不是omega，只是個單純beta男性啊。

日和的告白讓清住揚起嘴角。

「原來你對我工作的樣子發情，而露出這種表情啊。」

「可以請你別說出來嗎。」

一眼就可看出日和對清住的情欲，聽到清住說出口，日和羞得雙頰發熱。可是這也無可奈何，是事實啊。雖然日和是沒有費洛蒙受器的beta，但這三天近距離沐浴在清住的費洛蒙下，身體熱得受不了。

「話說在前面，我只是被最後一擊打倒，並沒有討厭平常的你……只是，輸給這三天的你了，我投降。我想要被那個你擁抱，僅此而已。」

「日和。」

差點要被吻了，日和反射性拒絕。

「……不可以在這裡，到飯店房間後再說……」

特地搭計程車移動也很麻煩，所以步行前往花店附近的城市商旅。大概因為是平日，還有空房間，用日和的名字入住，因為不能讓用本名當藝名的清住出面。

「日和。」

一進房，清住立刻吻住日和。快點，想深深地在日和身體裡暴動。隱約可見淡色雙眸深處透露出這種衝動與欲望，日和身體發顫。

「等一下，先沖澡。」

「等不了。」

雙唇強硬貼合，日和先是接受他的親吻後安撫：

「你忘了嗎？我不是omega或女人，沒辦法立刻做。」

是曾擁抱誰無數次讓他遺忘beta男性該要做的處理嗎？是女人？還是omega？一瞬間，想像了這十年來與他有過肉體關係的人。不管女人或omega，能立刻和他上床的有魅力之人要多少有多少。

「選我真的可以嗎？」

日和一問，清住回答「非你不可」，接著緊擁輕語：

「除了你，我誰都不要。」

充滿熱情的聲音從耳朵入侵。

日和垂眼點頭：「我知道了。」

——這個人是alpha，是演員。演戲之於他跟呼吸一樣自然。

日和如此說服自己。

睽違十年清理後穴。

十年前的日和很不喜歡這個行為。不只從衛生層面來說不太情願這樣做，身為青春期多愁善感的青少年，這為了與同性親密而做準備的行為讓他感到羞恥。痛切感受自己非能理所當然接納對方的女性或omega這點，也讓他痛苦。所以對現在不太抗拒，甚至自己主動進行感到有點驚訝。

套上浴袍走出浴室時，靠在床上滑手機的清住開口問：「還好嗎？」

「什麼還好？」

「清洗，你以前很不喜歡不是嗎？」

「出乎意料外沒事……這也算年老有閱歷了吧。」

含糊其辭後，清住苦笑。

「你還沒那麼老吧。」

說完後，接在日和後面走進浴室。

日和從房間的冰箱裡拿出礦泉水，臨時住宿還住到挺不錯的房間，薄窗簾的另一頭可見城市夜景。

走到窗邊往下看，遠遠可見小小的Plants shop花日和。這是日和生活的城市，而他即將睽違十年在此和清住相擁。宛如處於夢境中，沒有真實感。

「你在想什麼？」

沖完澡回來的清住問他。

「我想著，沒想到過了十年，都長大了，還會在能看見自己花店的飯店裡，又和你做這件事情。」

「這樣啊，我可是一直等著此刻到來。」

清住低語拉起日和的手，將他擁入懷中。雙唇交疊，開頭便是要將日和吞噬的深吻。日和張嘴迎接他的舌，柔柔回應。

和清住分手後，日和只有過幾個交往對象。全部都是beta女性。除了清住以外，他沒想過讓其他男人擁抱，更不曾想要抱其他男人。

明明沒有太多經驗，卻和高中時青澀，卻又性急、熱情的親吻不同，緩慢地探索彼此的性感帶，互相推高熱情的親吻。領導的清住，是從哪裡學來這些的？

——和誰？

心胸微微刺痛。或許是那位魅惑男人的omega女演員，也可能是清住難得被週刊雜誌拍到的那個alpha頂尖女演員。這也合情合理，畢竟他們彼此公平地過了毫無相關的十年。清住沒資格責備日和，日和同樣沒權利責備清住。

不小心在親吻中分心時，清住拉開距離喊了「日和」，這是苛責要日和看著自己的強硬聲音。同時，清住從正面定睛看著日和。

「……！」

是那雙眼。飢餓肉食野獸看著眼前獵物的眼，閃耀燦光射穿日和。突然感到一股壓力般的東西，微苦的雄性氣味竄入鼻腔，讓日和身體深處泛疼。

「……你該不會對我釋放誘惑香吧？」

日和似笑非笑一問，清住笑容燦爛回應：「真虧你會發現呢。」

「果然沒錯……你知道那對我沒有用吧，我是beta耶。」

「但是，你一臉想要。」

「那是因為是你。」

不是因為alpha。因為對象是清住，才讓日和變成這樣。

清住的手解開日和浴袍繫帶，敞開前襟，碰觸勃起且流淚般泌出液體的性器。

清住呵笑瞇細眼，一股想說出「真可愛」的氛圍，但他沒有開口。很聰明的選擇，他很清楚男人間的微妙之處。

日和解開他的浴袍繫帶，性感得叫人暈眩的肉體隨之現身。

厚實寬廣的肩膀，自然浮出淡淡線條的腹肌，從茂盛毛髮中挺身的性器。

「……！」

吞下差點脫口而出的讚嘆聲，吞了吞口水。好害羞，但這真的無可奈何啊。龜頭長度出色，怒張的頂端巨大，莖身粗硬。不僅如此，莖身表面血管跳動清晰可見——清住的陰莖，是男人多少都曾夢想過的完美外貌與大小。

卓越不凡的男性特質與alpha特質。

還以為自己過度美化記憶了，不過感覺這比記憶中更巨大，日和內心慌張。要是擁有這身材與陰莖的男人對他說「你真可愛」，可能會讓人喪失自信。

日和瞇起眼，右手摸上清住的胸膛。手向上滑，環過他的頸項。唇瓣緊緊貼合，清住男子氣概的美麗白皙大手撫過日和的肌膚。

「……嗯……唔……嗯，清住學長……」

身體深處，不存在的器官泛疼。日和恍惚地呼喊清住，他回應「喊我的名字」，與交往當時相同。日和稍顯猶豫，清住輕輕皺眉微笑：

「只有現在就好。」

「——」

聽見他如此委曲求全，就讓人想答應他的要求。

在親吻間細語：

「章吾學長……」

在日和下腹處已被射精前液染溼的性器猛然一跳，只是喊名字就能得到如此明顯的反應，總覺得他好可愛。

心胸深處躁動。

（啊啊，不行了……）

不行，會真的陷下去。

反正是前男友，而且想求復合的是他，日和也不是因為討厭而分手。原本想只是睡一次也沒關係，但像這樣親吻、肌膚相親後，已經無法抽身了。

（這也是當然。）

「不是因為討厭而分手」換言之就是還喜歡。日和只交過女友也不曾再交過男友，也是因為清住是特別的存在。

只有他是日和的特別。喜歡喜歡好喜歡，把互為男性，alpha或beta什麼的全部視而不見，交付全部身心的唯一存在。
這樣的人再度展開追求，怎麼可能只有自己維持冷靜。
「……！」
激情不停升溫。
看見日和表情在親吻中逐漸渙散，清住溫柔地問：
「怎麼了？」
日和靜靜搖頭，靠在清住頸邊。
男人的身體很老實，硬挺隨著感情染溼。兩人的陰莖相碰，溼滑摩擦非常舒服。
「……好舒服。」
「……是啊。」
清住感慨萬千地同意，抱緊日和，接著直接躺上床。身體被清住覆蓋的同時，也被他的氣味包裹。微苦的成熟男人氣味——這是自己唯一愛過的男人的氣味。肯定和alpha費洛蒙的氣味不同，但這氣味已經足以讓日和發情。

無可忍受地朝他下體伸出手，碰到龜頭，他輕輕屏息。借助射精前液的溼滑緩慢揉搓。

「……日和，再輕點……」

「咦？對不起，太用力了嗎？」

日和慌張地想抽手，但清住拉住他的手。

「沒關係，很舒服。」

他欲言又止，接著才做好覺悟開口：

「……我十年沒做了，如果太刺激，大概馬上就射了。」

「咦……」

出乎意料外的一句話，讓日和清醒。日和睜大眼，近距離看見清住咬緊牙忍受羞恥與快感的臉，在一連串驚呼出口前用力忍下。

「…………十年，該不會。」

「和你分手後沒和任何人做過。」

「…………」

（開玩笑的吧？那個omega女演員呢？）

傳緋聞的alpha頂尖女演員又是怎麼一回事？

搞不清楚哪個才是真相的日和啞口無言，清住更進一步說：

「自從被你甩了之後，這傢伙十年來完全派不上用場。」

邊說邊把陰莖朝日和掌心擠壓，嘴上說著「輕點」，又不滿足於輕柔的刺激。好想要好想插好想射。對他宛如初嘗禁果的十幾歲小伙子的動作，日和也無法佯裝平靜，「什麼……」驚呼出聲。

「你說真的嗎……？不是開玩笑？」

「開這種玩笑要幹嘛？」

「這樣說是沒錯啦……」

視線忍不住朝下體飄去，因為它現在又硬又猛又淫，說「陽痿」誰相信啊。

（真的假的？那個清住章吾耶？）

被稱為「Mr. α」，眾人崇拜的他耶？

強大alpha的alpha本性也強烈，簡而言之就是性欲很強。這樣alpha中alpha

的他竟然陽痿——

然而在驚訝漸漸退去後，只留下擔憂、困惑以及騷動心胸的愛憐。

「……真的嗎？」

又再次確認。清住無言點頭。如果相信他，就表示他和日和分手後沒跟任何人上過床。

（啊啊，不行，不可以。）

告訴自己不能感到開心，如果和日和分手讓他受到足以剝奪男性功能的重傷，無法等閒視之。他真的是從外表看不出來，不能只從alpha這個生殖性別來判斷的，心思細膩的人。

（可是為什麼……？）

日和一直以為是他選擇了別人，但他實際上很珍惜日和？甚至在分手後陽痿？

不懂，有好多事情想問，不過現在先別問了。取而代之，溫柔撫觸手中的他，溺寵他。

「那要怎麼辦？要先射一次嗎？如果手太用力，我用舔的好嗎？」

清住搖搖頭，輕語「我想射在你身體裡」。外表明明是大人了，總覺得回想起高中時代的他。

「好。」

胸口脹滿慈愛的心情，日和順心微笑。清住泫然欲泣地輕貼額頭說了「謝謝你」。

用從店裡拿來，預防手部龜裂的凡士林塗抹後穴。

「好緊。」

「我那邊也十年沒做了……」

未免不小心憋氣，日和邊意識著呼吸邊說，清住明顯展露喜悅表情。

「你什麼表情……我又不是特地為你守貞操……嗯！」

「會不會痛？」

「……還好。」

和清潔相同，身體意外地還記得。強忍急躁，貼心又小心翼翼的手指動作，慢慢地鬆開日和的身體。

「……嗯……」

清住手指在體內探索，舔吻日和乳尖。好舒服，明明是這十年來不曾意識過是性感帶的部位啊。

「啊……！」

清住一咬，日和無意識地揪緊在他體內的手指。這舉動將前列腺往正好抵著的指尖上壓，舒服得日和自己主動擺腰。

「章吾學長。」

日和呼喊他的名字表示可以了，他抽出手指，另一隻手撩起頭髮。

好耀眼。壓倒性的男性美與alpha的費洛蒙。就連日和beta的身體也不停升溫，強烈的alpha氣場。

「日和。」

陰莖抵在日和後穴，清住的身子覆了上來。

「日和……！」

「——！」

清住腰一沉，前端埋入體內。份量驚人，日和喉嚨深處的空氣被擠出卻無法成聲，只能準備承受下一波衝擊。

但是。

「……嗯、唔…………！」

「咦？啊……！」

他俯視的臉一瞬間扭曲，下一秒，灼熱洪流染溼體內。

「……！」

他間歇跳動的陰莖吐出大量精液。

「咦……」

日和不禁愣住了。看來他在插入前還勉強能忍住，但現在這就是所謂的猛爆啊。這可是那個清住章吾耶。

「——」

不能笑。他不只一開始就逼近極限，還很細心花時間擴張日和後穴，終於無可忍受了。即使如此還是小心不讓日和受傷，想讓日和感受快意，不能嘲笑如此貼心的他。

「……章吾學長。」

湧起一股連自己也想哭泣的愛憐，日和微微一笑。在想開口問「要不要先拔出來」之前，大聲嬌吟搶先脫口而出。

「啊啊啊！」

清住就這樣繼續往前推壓。

明明才剛射出大量精液，他的性器絲毫沒有萎軟，維持剛插入時相同硬挺地推進。

「啊、啊……嗯……啊啊、好厲害……！」

他射出的精液讓日和體內變得滑順，一點一滴擠開狹道，脹滿內徑持續往更深處推送。無處可去的精液往內擠壓，抵達直腸的更深處。

「啊、啊、啊……！」

不安的感覺讓日和聲音發顫。

「日和。」

抵入最深處後，他稍微起身俯視日和。

「有股好甜、好香的味道……」

他這樣說著，黑白分明的大眼泛著淚光。瞇細的眼睛好性感，真不愧是「最美哭臉男演員」榜上有名的人。

日和想著這種不合時宜的事情，呵呵一笑，伸出手撩起清住的頭髮，盡情享受他的表情。明明一臉泫然欲泣，淚水下的眼眸卻閃耀著欲望。冒出薄汗的額頭，讓日和感受到他的索求。

「章吾學長。」

「……日和。」

一喊他的名字，他在日和額頭上一吻，慢慢開始律動。深刻地，強而有力，直達日和身體深處的最深處，追尋播撒自身種子之處。

「啊……啊……？啊、好棒……」

「很棒嗎？」

「啊、騙人的吧，好、棒……唔、舒服、啊……」

好嚇人。明明是自己的身體，卻難以置信地舒服。粗莖在體內摩擦，龜頭不停頂弄最深處，前列腺頻頻被擠壓刺激，這些是有如此快感的行為嗎？協助抽送順暢的精液，宛如將費洛蒙直接塗抹上去，脆弱黏膜陣陣發熱。

「啊、啊……?!不行、那裡、不可以……！」

「這邊有感覺嗎？」

「那裡、怎麼會……啊啊！」

比前列腺稍微深處的部位遭用力頂弄，舒服得日和暈頭轉向。不受控地流淚、嬌喊，體內顫抖。內徑討好地糾纏他的陰莖，彷彿正在索求精子。

「啊，不行、不行，等等，好恐怖，不要……！」

明明確實睽違十年，也對自己這等淫亂的模樣困惑，日和喊著「章吾學長」抬頭看他：

「我好怕，拜託你，手……」

不用明說「握住我的手」，大掌包裹住日和的手，下體緊貼著床單不停擺腰抽送。

「日和、日和……！」

不知他喊了幾次，彷彿只認識這個詞彙。心頭顫動，鼻頭一酸，連為什麼哭泣也搞不清楚。

「啊、章吾學長，要射了……！」

「啊啊，我也是……！」

「──！」

日和先行抵達頂點，體內用力一縮，如波浪般蠕動。清住用力朝日和最敏感的部位一頂，釋放第二次精液。漫長射精後，仍好幾次間歇性吐精。但他的硬挺仍未消退。

「日和……可以再一次嗎？」

那物硬著在日和體內搗弄，懇求再來一次，聽到這句話日和微笑著點頭：

「請，幾次都可以。」

「……我的確那樣說了，但到底是想做幾次啦……」

雙手放在浴缸邊上，頭靠上去，日和筋疲力盡地抱怨。溫暖熱水輕撫肌膚好舒服。

那之後在床上用正常體位做了兩次，接著換姿勢從背後一次，背對他坐著後入再一次。日和就在這裡失去意識，今天早上起床時他們躺在另一張床上，身體也清理乾淨了，所以清住也應該一度停戰吧。可是在清住清醒後，讓他帶著進浴室是天大的錯誤。在想要一起淋浴時，驚人的大量精液從後穴溢流而出，看見這一幕而興奮的清住說著「不可以流出來啊」，站著又來一次。

「……六次……不對，那個人總共射了七次……？」

真是難以置信，就算alpha的性欲再怎麼強，他明年都要三十了耶，還有辦法一夜七次。

本就清心寡欲的beta日和，後半只是任由清住擺弄也全身無力了，下腹部的陣陣抽痛在泡熱水澡後好轉許多，但也讓日和害怕是否傷及內臟而嚇出一把冷汗。

白井一小時前來接清住去工作了。不僅一夜未歸，接人的地點還是飯店大廳，白井會怎麼想啊，他大概也知道對象是誰了。

（沒問題嗎？）

雖然有點擔心，但現在腦袋遲鈍無法思考說詞。再三十分鐘就到Plants shop花日和開店時間，然而這種身體狀況和這等疲憊根本沒辦法工作，只好連絡加藤，告訴她早上休息。

（不行……再這樣下去會在浴缸裡睡著……）

沉重雙腳使力站起身，雙腳虛軟，所以小心別摔倒走出浴室。

「……哇。」

當日和拿起浴巾想擦拭身體時，看見盥洗檯上鏡中的自己，頓時啞口無言。從脖子到鎖骨、胸前，四處布滿驚人瘀痕。

右頸還可看見一部分齒痕，日和害怕地轉身撩起頭髮。

「天啊，這也太慘。」

不禁對這慘況乾笑，後頸被胡亂啃咬得狼藉，有好幾處滲血。泡澡時還覺得有點刺痛，原來根本不是錯覺。

（是感覺有被他咬啦。）

最初還很紳士的清住，最後已然忘我，大概從背後式那時開始完全靠本能行動，結果就是這樣。

「咬後頸啊……」

日和輕語後，從紅色齒痕上別開視線。

性交中啃咬後頸是alpha的本能，原本是透過和omega性交時啃咬後頸的行為建立「標記」這特別的關係。這個齒痕，是清住心中有這個本能的鐵證。

（也是，他是alpha本性那樣強烈的人啊。）

這也是無可奈何。雖然認為他要是那麼想咬人，想要找標記對象的話，別找身邊的beta解決，好好去找一個omega不就得了嗎。

把浴巾披在肩上，走出浴室。拿起桌上的礦泉水打開瓶蓋，只是這點小動作也使不上力，費了一番功夫。

潤喉後，躺在床上思考。

（……一時鬼迷心竅了。）

而且還是被最棒最頂級的「Mr.α」，「清住章吾」迷住了。

睡個一次應該沒事……這擺到清住身上根本行不通。結果只是讓日和重新認知自己迷戀清住，且他現在肯定認為和日和復合了——算了，日和也沒打算說出「別以為只是上了一次床就算復合了」這種不人道的話。

（事情變麻煩了……）

雖是自作自受，還是忍不住嘆氣。

清住現在已經不是單純「崇拜的學長」，是被稱為「Mr.α」，年輕一輩最頂尖的知名演員。和頻道追蹤者只有幾萬人，也不知是不是真有看影片的日和不同，是真正的名人。

不須多言，演員是個人氣與評價正相關的職業。如果只看演技，同輩大概沒有人能出其右，不過很遺憾，現在的日本演藝圈無法只靠演技。如果能只靠演技，高中時的他也不會那般痛苦了。

法律上，無論男女性別，生殖性別的同性或異性，都有公平的結婚權利。在發現「令人受孕的性別」alpha，與「懷孕性別」omega這些生殖性別後，男女的性別差異幾乎只剩下外表不同的意義，而外表差異也因為更早以前開始的LGBTQ人權運動影響，現在只剩下形式。

可是這些全為場面話。實際上，alpha還是會選擇alpha或omega，omega追求的是alpha，而占世上人口多數的beta仍以男女異性婚姻為主流。日本基本上算先進國家，所以檯面上不會說出「不具生產性的情侶沒資格結婚」這種話，但會在特殊時刻引發論戰。

——那麼，既然如此，平凡無奇的beta男性日和，配得上「Mr. α」清住章吾嗎？

（結果還是和高中時代完全相同。）

去訪問一百個人，肯定有一半會回答「配不上」，順帶一提另外一半的回答是「與我無關」。

（話說回來，我自己就這樣想啊。）

而將來有天，又會有比日和更適合清住的人出現。就算不是「命定之人」的omega，也會是omega或alpha……更或許是哪位beta女性吧。

日和得把這件事放在心上才行，為了到時不會對清住造成困擾。千萬不能得意忘形以為自己是他的伴侶……

（算了，沒有關係吧，如果只是現在。）

如同清住需要休息，日和也需要人生中的樂趣。只要好好認清本分，就能容許短暫的關係。

「哈啊……」用力打了一個哈欠，日和閉上眼。

刺眼日光在窗簾的另一頭充滿活力地照耀城市。

這是日和每天生活的城市。

只是現在需要些許睡眠，他才有辦法再回去那裡。

4

「哎呀，好香喔。還真難得耶，是哪種花的香氣啊？」

送壁掛花藝到麵包店時，老闆娘這樣說，「咦？」日和驚訝地睜大眼。

這位常客每個月都會訂購擺設在門邊的壁掛花藝，且全權交給日和搭配。雖然不是擺在店內，但熱騰騰的麵包香氣也是上麵包店消費的樂趣之一，所以日和很注意不讓花卉香氣造成干擾。現在粗略確認後，確實沒有香氣強烈的花卉啊。

「咦？是哪個的味道呢……不好意思，我鼻子好像不太靈光，請問是有怎樣的味道呢？」

「咦？你沒聞到嗎？清爽的溫潤甜香，很像柑橘的花……」

她一臉不可思議地說道，但壁掛沒有用柑橘類花卉。日和深感困惑，可是總之客人說了有香氣。

「送有香氣的花來麵包店真的很對不起，我立刻重做一份。」

說完後，老闆娘急忙搖頭：

「不用不用，又不是放在店裡，也不是會干擾麵包香氣的味道，我也喜歡這個味道，請不用介意。」

「但是……」

「對了。那取而代之，如果你不介意的話，就買點麵包吧？培根麥穗麵包和火腿起司麵包正好剛出爐呢。」

「咦，嗯……那就讓我這樣做吧。」

所以說，今天日和的午餐就是剛烤好的麵包。

除了推薦商品外，日和另外也買了幾個麵包，抱著紙袋坐上車。原本想把壁掛帶回去調查香氣來源，但別說把壁掛帶回去了，現在車上盈滿麵包香氣，連壁掛的殘香也聞不出來。

「氣味啊……」

小聲脫口而出。

其實最近也在其他地方被人說了「有香氣」。

是在一家即將開業的單點制酒吧委託日和做節能與牆面綠化工程，他為了搬運物品與施工前往時。當他在店家門面的入口牆面製作沼澤缸的時候，來看施工狀況的老闆對日和說：

「有股香香甜甜，類似萊姆果汁的氣味耶。」

那天也沒使用柑橘類植物，所以日和笑著說「那不是我們店的植物呢」帶過，但——

「我送貨回來了。」

「歡迎回來，哇，這座麵包山是怎麼回事啊？」

加藤看著日和放在櫃檯上的紙袋驚呼。今天嶋去學校，她似乎忙著做作品。

「去送貨時順便買的，要吃嗎？」

「我要吃，然後。」

加藤轉了個視線說「他來了喔」，在烏魯的水族箱前，熟悉的俊俏男子旁若無人地坐在那裡。

沒有梳整的頭髮及黑色粗框眼鏡，故意留長的鬍渣。明明沒有刻意變裝，在疑似他的粉絲會為了買沼澤缸上門的這家店裡，也不曾「被認出來」過。因應狀況，他不僅alpha的氣場，連自身氣息也能完全消除，或許可說真不愧是演員。

他瞇起平光眼鏡底下的眼睛，靜靜笑了：

「我來叨擾了。」

「歡迎光臨，章吾學長也要吃麵包嗎？」

日和一問，他說著：「也有買我的份嗎？」開心走近。

「其實原本是打算要買給嶋的。」

「我再買什麼來補償她。」

清住理所當然說著，坐到工作檯旁一起吃午餐。

從那晚的隔天起，清住放假時間都在日和店裡度過。

和先前相同都是突然現身在店裡，但偶爾會一起從飯店搭計程車過來店裡，反之也會一起離開。日和雖然沒有同意他進後場，不過允許他可以到櫃檯裡面。就算「沒被發現」但姑且是個藝人，明顯是粉絲的人上門時，就會讓他躲在櫃檯裡。

加藤和嶋很快就察覺兩人關係的變化，然而她們沒特別說些什麼。那天根本無從隱藏起脖子的咬痕，以及疲憊身體不自然的動作，所以她們很早就有所察覺了。

魄力會穿透電視螢幕的「Mr. α」清住章吾，以及靜靜待在店裡看烏魯的他，給人的印象完全不同，但兩人和他相處得不錯。多虧如此，清住也能自然融入店裡。

和加藤一起，三人圍繞桌旁吃麵包、喝咖啡，日和突然想起今天發生的事。

「加藤小姐，我剛剛送去福可來睦麵包店的壁掛，妳有拍照嗎？」

「有喔，我怎麼可能錯過日和店長的作品。」

「謝謝妳，照片還在相機裡對吧。」

雖然吃飯中很沒規矩，但日和還是起身把放在櫃檯上的數位單眼相機拿來。

邊看著畫面中的照片，「嗯——」歪頭不解低吟。

「怎麼了嗎？」

「妳聽我說，金光老闆娘說有像柑橘類花朵的香甜氣味耶。」

「咦？可是今天的壁掛，應該沒用有那種氣味的花卉吧？」

「就是啊，所以覺得很奇怪……」

兩人一起看相機螢幕，果然還是一頭霧水。

此時，默默吃培根麥穗麵包的清住，嘴裡含著食物說：

「那應該是你身上的味道吧？」

「咦？我的？」

「日和身上很香。」

清住邊說邊湊近日和脖子旁一聞。加藤就在旁邊耶。

「喂，你在幹嘛啦。」

日和推開清住的身體，用力嗅聞手腕附近的氣味。

「……我覺得沒什麼味道啊。」

「沒有味道啊。日和店長完全不用香水，也不用香氣很重的護手霜。」

加藤也持相同意見。「會聞不出來花朵的氣味，所以不使用香氣重的日用品」，這是日和身為花店的堅持，而加藤也相當理解。

「再者，人身上會散發出香氣，那簡直就跟omega一樣嘛。」

「啊，常聽人說耶，說是甜膩蜜糖的氣味。雖然沒真的聞過。」

此時不會轉頭問清住「實際上怎樣？」就是加藤的優點。明明只大日和兩歲，卻覺得她好成熟。

「哎呀，反正我們beta一輩子都不可能會聞到啦。」

當時話題就到此結束，但在這之後也陸續發生類似事情。

去咖啡廳外帶咖啡時，聽見擦身而過的女高中生說「剛剛那個人身上好香喔」。

來店裡購買自家用花卉的年長女性問：「你店裡有股好好聞的味道，我很好奇，這是什麼花的味道啊？」聽她詳述，在店裡尋找所說的花，但不管找多久都找不到。

怪異的事情持續發生，而日和也從這個時期開始頻繁發燒。沒有其他感冒症狀，硬要說的話，就是下腹部不太對勁，持續有沉重乏力的感覺，偶爾還有鈍痛。覺得身體好像不太舒服時一量體溫已經微燒了，而且微燒拖拖拉拉，遲遲無法低於三十七度。

在這些症狀超過一週後，加藤開口：

「要不要乾脆去看醫生、吃藥，然後睡一整天啊？你那不好好休息應該無法痊癒。」

「反正一定是夜夜笙歌玩過頭了吧？拖某人的福。」

嶋調侃日和，加藤斥責「嶋，不可以這樣」。苦笑中，日和又想起其他事情。

就在前幾天和清住上床後，日和感覺強烈暈眩、心悸以及呼吸困難，一時之間失去意識。雖然這樣說，即使不到重逢後第一次上床那時嚴重，但只要應允清住的索求，幾乎每次都會做到幾乎昏厥。日和心想這應該就是原因。

「說的也是，果然還是要去看個醫生好……」

傍晚把花店交給兩人，日和去常去的診所看診不過找不出原因來。醫生診斷大概是自律神經失調，只拿了安慰劑程度的內服藥。吃了幾天藥之後，雖然稍微退燒，但其他症狀沒繼續惡化卻也沒好轉。

就在那週末的週日午後，事情發生了。

那天在Plants shop花日和，日和負責沼澤缸的製作體驗與工作坊，而加藤則是負責苔蘚生態瓶。

那天來參加沼澤缸製作體驗的情侶中的男性，總覺得上門時心情不是很好。日和心想不知怎麼了，但當他想著手教學靠近時，男性突然像是忍耐到極限開口：

「喂，我說你啊，這是在誘惑我嗎？」

「什麼？」

（誘惑？誰誘惑誰？）

一開始還沒發現男性是對自己說話，日和睜大眼睛愣住了。

男性很不耐煩地搔頭，狠瞪日和：

「聽說你們評價很好還很期待耶，但你毫不遮掩自己的味道出來待客，有沒有常識啊。」

「味道？……嗎？」

唐突的抱怨讓日和混亂，他現在當然完全沒擦任何香水。而且話說回來，他自己根本沒聞到那個「味道」，同行的女性也相同困惑，「你在說什麼啊？」可是他很明確聞到「什麼」氣味，且對此感到憤怒。

「很臭，你起碼吃個抑制劑吧，混帳omega。」

「——」

（omega？我？）

日和因為男性說出的話混亂，怎麼可能，不可能有這種事。

「客人，非常不好意思，我的生殖性別是beta……」

「這樣隨便散發氣味，怎麼可能是beta，小心我告你發動omega恐攻！」

「喂，別這樣啦。」

聽見他「砰」的一聲用力敲工作檯的聲音，加藤衝過來。

「客人，方便告訴我發生什麼事情了嗎……」

加藤使了個眼色要日和離開，接手後續處理，但男性拉起不知所措的女友直接走出花店。

日和茫然自失地四處聞自己的身體，果然聞不出來。他也問了擔心的加藤：

「我身上有味道嗎？」她也搖搖頭。

「不過如果如客人所說，日和店長是omega的話，那我就不可能知道那個氣味……」

就連她也這樣說，日和傷腦筋地搖搖頭。

「我是beta耶，只是個普通又平凡的beta，健保卡上也這樣寫。」

「就是說啊。」

日和與加藤面面相覷，一起歪頭。他的下腹部陣陣抽痛。

「今天可以用這裡幫我嗎？」

連指尖也優美的拇指輕輕捏起日和下唇，清住如此低語。

這裡是感覺也有其他藝人入住，保全完善的高級公寓。清住自家的寢室，壁紙、照明，當然連擺放其中的加大雙人床，以及床單寢具都很時髦。

日和目前還不曾讓清住進入自家公寓，這是日和用自己的方法無言抗議「這不代表我們已經復合了」，但清住毫不躊躇地帶日和回家。除了在意每次都讓日和付飯店房錢外，在自己家裡就無須顧慮外人視線，這是他的理由。清潔公司每週上門打掃兩次的房間沒有生活感，只有他喜歡而擺在家裡的觀葉植物神采洋溢地舒展枝葉。與高中時在清住房裡相同，他們就在綠意盎然的房中相擁。而這樣的性生活正逐漸變成日常。

日和含住愛撫他嘴唇的白皙手指，輕咬著問：

「可以是可以……章吾學長，你以前喜歡口交嗎？」

感覺高中那時不太要求他這樣做，日和這樣想著，清住稍微苦笑。

「因為我覺得讓高中生的你含那個很可憐。」

「什麼？」

他邊說邊單手緩慢擼動的，是連他也無法一手掌握的碩大陰莖。「這是在炫耀嗎？」日和差點笑出聲，但不管尺寸還是形狀都可說凶惡，也不是不理解清住想說什麼。

「那你覺得讓現在的我來做就沒關係嗎？」

「比起讓你弄壞肚子還好吧？」

「咦？是從誰那裡聽來的？」

日和沒告訴他自己下腹痛，也沒對他說去看過醫生。每個症狀都很輕微，醫生診斷的結果也沒什麼大不了，所以覺得不需要特別說出來讓他擔心。

可是身邊的人似乎不這麼認為。

「是加藤小姐告訴我的，嶋小姐對我說『請你再節制一點』了。」

「啊——……」日和苦笑。很高興兩人的貼心，不過清住的立場有點尷尬。

雖然兩人都沒對日和說過，但大概都覺得「真難以置信他是理想的完美alpha耶」。

「對不起，因為我覺得沒必要說。」

「不，我才是，讓你勉強自己真的很對不起。」

清住懸在日和上方，愛憐地撫摸日和額頭的髮際線。

「不只身體，什麼事情都可以。如果你對和我之間的事情有疑問，別客氣，什麼都能說。」

（……嘴上這樣說，還是要我替他舔。）

雖然這樣想，卻也沒有不滿。理解這是清住摸索日和的狀況與他的期望間的妥協點後做出的結論，這令日和愛憐。那天以後，清住索求著日和，讓人懷疑他之前說自己陽痿果然是騙人的吧。

現實中的清住章吾，或許不是社會上認知的「Mr. α」，但他很溫柔，令人愛憐，所以日和想盡可能回應他。

（如果我有可以回應你需求的身體就好了。）

如果是女人，如果是omega，再不然如果是身體強壯，做再多次都不會昏厥的alpha……現在又開始思考起十年前想過無數次的事情。可是不管說再多，白日夢都不可能變成現實，就算實際上能成真，也不清楚自己是不是真的「想成為那樣」。除去與清住間的關係，日和很滿意beta的自己。如果只是想要滿足清住，日和知道有其他方法。

日和放棄沒有結論的思考換個姿勢，跨坐在清住大腿上，看著眼前豎立的硬挺。

「……好大。」

真心話不禁脫口而出。

不知該說感嘆，該說憧憬，還是該說大成這樣感覺已經到礙事程度了。

清住苦笑著喊「日和」。

「對不起。章吾學長，你連這部位都好帥氣。」

日和笑著打哈哈，摸摸那物表達歉意，換來清住怒吼「別玩」。

（不是啊，因為這個……）

不管粗度、長度、形狀或顏色……清住本人也是如此，近距離一看魄力十足嘛。

日和內心有點緊張，將清住的陰莖含入口中。那太巨大無法完全含入口中，但日和不覺得厭惡。想起清住替自己含時哪裡舒服，順著後側往上舔。當他舌尖在頂端與柱身間的細溝舔舐時，清住倒抽一口氣。

「……！日和。」

（聲音好好聽。）

沙啞低沉的聲音好性感。

日和專注舔舐時，清住要他趴下轉方向，又再次換了姿勢，也就是所謂的69姿勢。

（哇——好淫蕩喔——）

日和對這猥褻姿勢感到暈眩。男女間也會如此，不過日和不曾強迫女生這樣做。正因為如此，才會強烈意識「同為男性」這點。清住高中時絕對不讓日和這樣做，他到底是上哪學會的啊。讓日和很想追究他說陽痿果然是說謊吧。

「學長，你還真是個悶騷的大色狼耶。」

「你還敢說，你也已經這樣了。」

清住模仿日和剛才所做的，沿著後側往上舔了一把。

「好甜。」

「啊……！請你別讓我太舒服。」

「為什麼？」

「我想讓你舒服，這樣一來就沒辦法了。」

說完後，清住呵呵輕笑的吐氣打在硬挺上，日和知道他笑出來了。

「你不管以前還是現在，總是以我為主。」

「才沒那種事……」

日和搖搖頭，含住怒張的前端，那物太大無法吞吐，只能含在口中用舌頭舔，所以用手沾滿流出的唾液套弄柱身。

「……！日和……！」

「嗯……」

日和的被他含入最深處，頓時窒息，彷彿沉浸在濃稠的溫熱蜂蜜中，令人恍惚好舒服。明明想對清住回以相同舉動，卻怎樣都沒辦法將他的那物完全吞入。那至少，要用上顎多摩擦些。

「日和。」

那是努力壓抑快感的聲音。

（我讓你感到舒服了。）

好高興。快感從耳朵侵犯。

「日和，我要射了……」

「……！」

清住想抽身，日和表示「沒有關係」留住他，他的氣味在口中擴散，腹部深處難受地緊緊抽痛，彷彿懇求著想射進這裡。

「omega的誘惑香和發情香是什麼感覺啊？」

一起泡在熱水中，日和如此一問，清住不悅地回問：「為什麼問？」

清住家裡的浴缸，是度假飯店裡那種圓形按摩浴缸，而且連這裡也擺著枝葉茂盛的觀葉植物。日和一開始還有點傻眼，不過兩個大男人一起泡澡也不顯狹窄很令人感激。雖說只要輪流洗就好，但當日和在清住家裡時，清住總緊黏著日和彷彿表示即使短暫分離都會死。現在也相同，在這寬敞得能讓兩人面對面泡澡的大浴缸裡，他也故意從背後抱住日和入浴。因為這樣看不見他的表情有點不方便。

「為什麼問這種事？」

（啊啊，這個是不開心的聲音。）

日和邊想著這對他來說果然是不悅的話題，深感愧疚地繼續說：

「前陣子，有顧客罵我『混帳omega』。」

說完前幾天發生的事情始末後，清住聲音更低沉地說：

「別在意性別歧視主義者說的話，你只要當你自己就好。」

「啊啊，被罵這件事本身還好……如果我是omega大概會很受傷吧。但問題是，我自己對那個味道完全沒有頭緒。」

日和語畢，清住吻上日和後頸，玩耍地輕咬。

「可是你真的偶爾會發出很香的味道。」

「對不對，你也這樣說。但beta的我完全聞不出來，所以才想知道，你說的我的味道是什麼味道，那和omega的味道有什麼不同……」

說完後，清住露出些微沉思的表情。

「日和你不是隨時會有味道，只是和我在一起時常常有香氣。不是濃郁的那種，輕柔甚至讓人感到很舒服……這個嘛，和葡萄柚很像，清爽的甘甜香氣。」

「葡萄柚嗎？」

「對，比柳橙再酸一點，還帶有一點苦味的感覺。」

「之前也有人對我說過，說是柑橘類的香氣。我身上果然有什麼味道嗎？」

日和歪頭，接著問：「那omega呢？」清住回答：

「和omega完全不同。omega的那個……儘管因人而異，但每個人的都跟黏稠的糖漿或蜂蜜一樣濃郁。一聞就會從鼻子痛到頭的感覺。」

發現清住語中的厭惡感，日和苦笑。

「你不是不討厭omega了嗎？」

「就業界來說，我的工作對象也有omega，所以會小心不失禮。」

「那作為情人呢？」

日和對自己不小心脫口而出的話嚇一跳。

「啊——……對不起，當我沒說。」

清住當然不可能當沒聽見。

「你在意什麼？」

寵溺的聲音如此問道，日和小聲嘆氣。想著，現在應該可以說了吧。

「以彼此都是過去的事情了為前提說喔，你不可以生氣。」

「好。」

「十年前，我們分手前我曾到你的公寓去找你。你剛上大學突然爆紅，也開始劇團的工作，我們碰不到面，相處時間突然變少的那時。」

一說出口，當時的各種情緒湧上心頭。那時好不安，但日和相信著清住，直到那刻為止。

「我到公寓樓下抬頭看你的房間，房門正好從裡面打開，一個女生走出來。那是你劇團裡公開自己是omega的女演員，雖然我已經忘記名字了。」

就當作這樣吧。

「等等。」

清住透露出焦急的音色打斷日和，接下來是道歉，還是辯解？日和搖搖頭：

「我剛才說了，已經過去了……只不過，那是我第一次看見omega……公開自己是omega的人，真的正如傳言，苗條得像風吹就會折斷，好可愛、好性感……我覺得比我要適合你百倍。更重要的是，如果對象是她，你就能標記她，或許她就是你的命定之人，我怎麼可能贏過那種人。還想著，雖然你說你討厭omega，但或許在遇見那個人之後改觀了。」

「日和。」

「對不起，我以為過了十年已經沒關係了，可是好像在怨恨你了。請你當耳邊風吧。」

「怎麼可能。」

日和自認在笑，不過實際上是怎樣的表情呢？清住將他轉個身和自己面對面，緊皺眉頭後用力抱住日和。

「你誤會了。」清住說。

「我確實讓她來過我家，但那是劇團的人一起來我家喝酒，或是在我家一起讀劇本。我從不曾讓她單獨進我家。」

「嗯。」

日和點點頭，事到如今也無法確認他所言是否為真，但日和沒有絲毫想懷疑他的念頭──這同時也表示，只因為自己誤會，就破壞了和他之間的關係。

「……所以，你就因此斷聯？」

──我們就因為這種誤會而分手了嗎？

不甘心的音調讓日和低頭說「對不起」。

「我真是個笨蛋。那時我沒辦法完全相信你，才會搞砸和你之間的關係。對不起。」

「不。」清住用壓抑情緒的表情搖頭。

「是我沒辦法讓你全然信任，對不起。」

說完後將日和擁入懷中。一股微苦又甘甜的香氣柔柔竄過鼻腔，那和洗髮精或沐浴乳的氣味不同，或許是他的髮雕吧。

「我連絡不上你……當發現時，已經跑到高中去找你了。但又覺得糾纏著你不放很丟臉，就放棄了。」

「咦？」

這次輪到日和瞠目結舌。

「你請病假……聽你朋友說，你已經請很長一段病假。雖然很擔心，但傳訊息、打電話都不通……而且我也不知道你家在哪。」

「啊啊……」

日和一點一滴把自己沉進熱水中，連抬起頭都需要勇氣。

「對不起，我那時身體很不舒服，大概是請病假的時候……這麼說來，我們那時在學校以外的時間都待在你家……」

這是學生來自各地的學校常有的事。不知道朋友或情人家住哪，有哪些家人也不知道。就算不知道，只要有手機和零用錢就能往來嘛。

「……什麼嘛，結果真的只是因為我誤會而分手的啊。」

「對不起。」日和又再次道歉。

對清住不是背叛自己選擇omega感到開心，然而日和沒辦法好好面對清住的軟弱搞砸了彼此關係的這點，也讓日和受打擊。

「日和。」清住緊擁日和，用從心底擠出的聲音傾訴：

「我一開始是用很輕率的心情喊你。可是當時容許我軟弱，接納我的煩惱，撫慰我的只有你一個。對那樣的我施展魔法，讓我有今天成就的也是你……不管女人還是omega，都沒任何一個人可以取代你。」

「……章吾學長。」

「過去的事就讓它過去，但你可別再拋下我了。」

「……」

清住這分心意讓日和好開心，不過日和沒辦法立刻回應「好」。

幾天後的某日傍晚，在店門外打掃的嶋皺著眉喊「日和店長」。

「嗯？怎麼了嗎？」

「很可能，或許只是我的錯覺啦……」

嶋稍微轉頭看了店門外。

「剛剛去丟完垃圾回來時，看到一個大叔看我們店裡。我以為是顧客，就對他說『歡迎進來參觀』，然後他就逃跑了耶。」

「逃跑？」日和不解歪頭。

「或許是不好意思進來，還是被發現在看店裡而尷尬之類的……？」

儘管販售的植物特殊，Plants shop花日和也只是普通花店。雖然裝潢有獨特堅持，並沒有門檻特別高的感覺，但其中有本來就不擅長面對店員的人。如果是男性，也有人對走進花店感到害羞。

嶋也說著「果然是這樣嗎」，搔搔平光眼鏡底下的鼻梁。

「如果是這樣就好了，總覺得有點不對勁。」

接著湊到日和面前，壓低音量說：

「現在，清住先生三不五時就泡在這裡啊。」

「……啊啊，這樣啊。」

也就是說，她警戒著影劇記者。

日和與清住之間，仍維持著宛如情人，又宛如炮友……兩種都不太好形容的關係，也不是不能稱作「情人」。雖然沒有明說「復合吧」、「就這樣吧」加以確認彼此意思，但實際上，兩人現在有肉體關係。清住不是會說出「就算上床了也不見得是情人」的人，所以可以正常說「就是情人」吧。而且對影劇記者來說，兩人的肉體關係才是重點，從這層意義上來看完全無從辯解。

兩人都單身，沒有其他情人，反而可說沒有任何心虛。不過那可是至今只傳出極少數花邊新聞的「Mr. α，清住章吾」，能輕而易舉想像兩人的關係公諸於世後會引起怎樣的騷動。

「名人還真辛苦耶。」

「真是的，幹嘛說的一副事不關己啦。」

「說的也是，謝謝妳，我會多注意。」

當時日和還不太認真地答應嶋，但幾天後，日和自己也碰到該位記者。

晚上七點半，關店收拾好正打算要回家時，聽見後門傳來先下班的加藤的聲音，另外一個似乎是男性。

（是誰啊？）

沒有頭緒，是加藤認識的人嗎？在營業時間裡，不管商品進貨還是某位偷偷上門的藝人都是走正門，只有員工上下班時會走後門。

（如果是加藤認識的人，感覺好像在吵架耶……）

感到奇怪的日和從後門往外看，只見加藤正在和陌生的男子爭執。

「加藤小姐？怎麼了嗎？」

「日和店長。」

加藤轉過頭來，她臉上的表情不是恐懼也不是困擾，看來似乎沒有受到危害。這層意義上讓日和鬆了一口氣，但總覺得加藤似乎在生氣，是錯覺嗎？

才這樣想著，加藤擋在日和面前遮掩他的視線：

「日和店長，請你待在店裡。」

「咦？怎麼了嗎？」

「這個人，是糾纏清住先生的影劇記者。」

「啊啊，這麼說來，嶋也說過疑似記者的人在附近出沒。」

「什麼?!這麼重要的事情你為什麼沒有說！資訊共享!!」

「因為又不知道是不是真是那樣……沒關係啦，讓我來吧，妳先下班。」

然而男性記者從旁插嘴打斷日和的話：

「不行不行，我有事要找這位小姐，她下班我就傷腦筋了。你也是這家店的人嗎？請問最近這位先生有沒有來店裡？」

記者拿出演員「清住章吾」的宣傳照片給日和看，日和看了一眼點頭，「他會來喔」。「日和店長?!」加藤不解驚呼，記者更近一步追問：

「真的嗎？可以告訴我這方面詳情嗎？我看這家店裡有兩位女性店員……」

「兩位店員和清住先生之間，完全不是你所想像的那種關係。」

日和立刻先下馬威後，露出滿臉笑容：

「恕我太晚自我介紹，我是店長中谷。我是清住先生國、高中時代的學弟，最近又開始有了往來。他常常來我們店裡買東西，也和我關係很好，只是這樣而已，請問這有什麼問題嗎？」

日和說完後，記者說著：「咦？不是啊，不可能是這樣啊……」扭曲表情。

「清住先生最近傳出有omega情人的傳聞耶。」

（omega情人？）

冒出「這什麼事情」想法瞬間的心情，到底該怎麼形容才好呢？不知道。沒聽說。騙人的吧。可是，就算有也毫不奇怪啊——各種情緒暴風雨般瞬間閃過心頭。但只要表現在臉上，就正中這男人的下懷。日和笑著說「我不清楚耶」撇清關係。

「這關係到顧客的隱私，小店也沒辦法說更多。如果還有其他在意的事情，還請直接與清住先生的經紀公司連絡如何呢？我知道他們的連絡方法喔。」

日和從口袋中掏出手機表示，記者咋舌後說「不用不用，多謝好意了」轉頭離去。

「日和店長，你好帥喔～真可靠～」

加藤打趣地說著，日和不禁失笑。

「沒事吧？」

「沒事，他沒對我做什麼，那到底是怎樣啊。」

「誰知道，藝人身邊也是會出現那種人吧。」

「omega 情人」這句話閃過腦海，雖然不知道是真是假，但日和不想被劈腿，也不想被捲進戰爭中，不禁嘆氣。

「對不起，因為清住先生的關係造成妳的困擾，我送妳回家，可以等我一下嗎？」

「咦?!不會啦，不用送我！」

加藤笑著揮揮手。

「但是。」

「被盯上的人是日和店長吧。那個大叔似乎沒有發現，不過為了慎重起見，你要小心點。」

加藤偷偷靠在日和耳邊說，日和微笑著說「謝謝」，她的貼心真讓人開心。

「那我先下班了。」

「嗯，路上小心。」

目送加藤離開後回到店裡拿出手機，借勢傳訊息給清住。

最近有影劇記者在我們店附近徘徊，你暫時別來比較好。我們明天也別見面了吧。

傳送之後沒有馬上顯示已讀，雖然已經晚上了，但他可能還在工作。

清住的下一檔電視劇前幾天才剛開鏡，他飾演一齣雙人組刑警連續劇裡的菜鳥法醫。這是集結被譽為「演技派」演員的長青劇，聽說他參加試鏡後，贏得這個睽違已久新增的角色。

聽見這件事時，日和心想「還真貪心」。如果是十年前也就算了，現在的清住章吾擁有穩定的評價與超高人氣。就算什麼都不做也會有工作爭先恐後上門，竟然還主動出擊去爭取角色。

然而清住開心地表示「從以前就一直很想要演這部戲」。他對現在的自己不滿足，也不驕傲，褒義來說非常貪心。而最重要的是——大概比起睡覺、吃飯更加喜歡演戲。或許可說，演戲之於他等同於活著。

幸好演員「清住章吾」演藝之路一帆風順。等這齣刑警連續劇結束後，就要主演電影。寫真集也幾乎同時出版，那之後也有單集特別劇、晨間連續劇、舞臺劇、接著又是連續劇……工作行程已經排到很久之後了。他今後肯定也將一直沐浴在聚光燈底下——只要不被捲入奇怪的醜聞中。

（……該抽身了吧。）

不禁嘆氣。

但日和原本就做好打算了。當有天需要這樣做時，這次一定要做到瀟灑說再見。所以才會閃避「情人」或「復合」這些明確的說詞。

目前不知清住是否真的有「omega情人」，然而從他的個性，以及前幾天和自己的對話來看，這個可能性極低。

——別再拋下我。

回想起那彷彿拚命抓住救命繩索的聲音，揪緊日和心胸。

但至少，日和不認為會扯演員「清住章吾」後腿的存在，是適合當他伴侶的人。

正因為那就是自己，才更如此認為。

那晚深夜，LINE的訊息才終於顯示已讀，可是沒有回訊。雖然知道他很忙碌，但對這個內容毫無回應讓日和感到不安。

（嗯……有種不好的預感。）

才這樣想，隔天早上準備開店時，一輛計程車在店門前停下來，下車的人是清住。不知是從哪搭車過來，他似乎在計程車上睡覺，一臉剛睡醒的不悅表情。或許是從外景地直接過來的。白井也從同一輛計程車下來，邊拉著司機替他拿下來的行李箱邊喊：「墨鏡！」

「日和。」

「真是的，不是要你別來嗎。快點把墨鏡戴起來。」

日和一催促，他才終於拿起放在胸前口袋中的墨鏡。

「我覺得根本沒什麼作用……」

日和還想他是在鬧什麼彆扭，但一看見戴上墨鏡的他就理解了。

（這也太醒目了吧。）

他的五官太過完美，讓墨鏡沒遮掩的部位加倍醒目。不僅如此，看不見的部分也誘人遐想「大概也很美吧」，只是無端增長原本就令人難以靠近的魄力。

「真不好意思，帥哥還真辛苦耶……」

日和呵呵笑著拉開鐵門：

「請進，還在準備開店，裡面很亂。」

邊說邊跨過地上的紙箱，早上才剛從市場搬回來的花材還全堆在地板和工作檯上。

「早安。」

看見一大早就突襲職場的清住，加藤仍成熟地應對，她從後場端來三杯咖啡放在櫃檯上。

「不好意思，還請在開店前說完。我先去做預定早上交貨的花束，待會再請店長確認。」

「對不起，謝謝妳。」日和點點頭。只要清住能接受，大概五分鐘就能說完。

「日和，關於昨天的ＬＩＮＥ。」

「嗯，對不起，忘了問是哪家媒體，不過直接來這家店，我想應該沒錯。他似乎認為你的情人是這家店的人，昨天還懷疑是加藤小姐。」

「這樣啊，造成妳的困擾真的很不好意思。」

加藤正在製作海神花和佛塔樹的花束，聽到清住道歉，連忙在胸前揮動雙手說：

「沒有沒有，我才要說被當成你的情人候補真的很不好意思。」

——雖然她這樣說，但如果都是beta，年輕又漂亮的女性會被視為清住的情人候補才是理所當然。那位記者的想法如實表現出這國家普遍的現狀。

「然後呢？」

「昨天用我們是國、高中的學長學弟，你和我關係不錯的說法趕走他了……請問你們有頭緒嗎？」

接續回答日和提問的人，是坐在清住身邊的白井。

「其實現在，我們懷疑他被好幾家媒體追著跑。聽說是從清住先生最近的行為，傳出了是不是有交往對象的傳聞……」

「行為是指？」

「外宿次數增加、工作空檔跑得不見人影、頻繁拿手機傳訊息但絕對不讓別人看見寫些什麼等等的……甚至還傳出最近身上纏繞著omega氣味的謠言……」

「omega嗎？」

偷偷看了清住一眼，但清住毫不畏怯地回看日和。

「有誰和你有那種關係啊？」

「為什麼你要問？不是說過我只有你一個，那些傳聞的對象全都是你。」

「那omega只是子虛烏有的謠傳？」

「沒錯。」

清住毫不心虛地斬釘截鐵道。

「這樣啊。」日和點點頭，他沒打算懷疑清住。如果清住說是這樣，那就是這樣。他還沒有找到命定之人，僅此而已。

「但是，我們別再見面了吧。」

「日和?!」

清住用力站起身隨之震響椅凳，用難以置信的表情低頭看日和。

「日和，這是什麼意思！」

「別這麼激動，會被外面聽到。」

日和平靜地提醒，清住閉上欲言又止的嘴，在椅凳上坐下。

「章吾學長，你沒有辦法放棄演員工作對吧？我知道沒辦法站上舞臺那時的你。知道你當時多麼渴望演戲，過得有多痛苦。」

「……這兩件事有什麼關係……」

「有關係，我是beta男性，不是女人也不是omega。是這世上六種性別中，最配不上你的人種。」

「我不懂你在說什麼，那種性別歧視早就過時了吧。」

「如果你不是演員『清住章吾』，或許如此。」

日和這句話讓清住倒抽一口氣。一瞬間，幾乎叫人恐懼的沉默降臨。日和彷彿想頂開沉默抬頭，微微一笑：

「但你是清住章吾，是『Mr. α』。每個人都迫不急待看見你的伴侶。想像那是怎樣優秀的人，會建立多美滿的家庭……而我，完全無法滿足任何一個理想條件。」

「我只需要日和你一個！」

幾乎是痛聲尖叫的聲音。「嗯。」日和點點頭，他沒有懷疑清住的心意。

「可是你沒辦法放棄當演員，沒辦法放棄當清住章吾，對吧？既然如此，現在可不能被拍到和beta男性在一起的醜聞。」

「那為什麼會變成醜聞？我喜歡日和，將來也不打算和你以外的人結婚。如果大家這麼想知道，乾脆開記者會公開我和你交往就好了。要不然，現在立刻去登記也行。」

「等等，請別這樣做。」

清住這真心想衝到戶政事務所去的氣勢，嚇得日和慌張起來。

「我不想被全日本的女性和omega怨恨，不只開店，大概連外出都不行。」

「日和。」

「時間到了。」日和阻止清住反駁。

「我要開店了，不好意思，可以請你們離開嗎？」

「日和！」

「清住先生，我們今天就先告辭吧。」

清住完全無法接受，白井輕輕拉住他的手。

「中谷先生，不好意思，我們打擾了。」

「不會。」日和搖搖頭，稍微思考後朝白井一鞠躬。應該也帶給白井不少困擾，不過日和不想把「不好意思」說出口。雖然不得已得讓白井和加藤聽見，但這終究是清住和日和兩人的事。

但是，日和也有句話想對白井說。

「這個人就千萬拜託你了。」

白井一瞬間沉默，過一會才說「我會再與你連絡」後帶著清住離開花店。

和清住談完分手後，日和照常開店。

沼澤缸的潺潺流水聲，豐潤的綠意氣味，一如往常潤澤日和的心。

明明才剛和喜歡的人談分手，他的心卻如麻痺般沒任何痛楚。是還沒有真實感嗎？亦或是從重拾關係那時早已做好覺悟的關係呢？今後會越來越痛嗎？或者就這樣不痛不癢地消逝呢？日和也不清楚。但他說服著自己，這樣就好了。

一如往常照料花卉，將最美的花朵整理成最華麗的姿態送到顧客面前。日和很喜歡花店的工作，而他也如同愛花般深愛清住。無論花或他，日和都能讓他們在身邊綻放，疼愛他們到最後一刻。但是兩者對他來說，都已經深愛到無法這樣做了。正因為真心喜愛，所以希望他們能在最適當的地點，綻放美麗光彩。即便日和只是平凡的beta，也能幫上忙。

度過平穩一天，迎接晚上七點的關店時間。

「辛苦了，今天可以下班了喔。」

對關好收銀機，正在打掃的加藤說完後，加藤問他：「要不要去喝一杯？」日和笑著回應她的溫柔體貼：

「謝謝妳。但我還有點事情想做。」

說完後，加藤也沒有繼續堅持下去。

「那我先下班了。」

「嗯，辛苦妳了。」

「辛苦你了。」

為了確認沒有可疑人士送加藤到店門前，順便拉下鐵門。

餵完烏魯飼料後接下來就無事可做了，但日和不想回獨居的家中。

閒得發慌的日和打開切花的櫥窗，拿出幾朵染上淡淡粉紅色的瑟露花、同色系的千日紅、軟嫩的圓玫瑰，以及圓葉尤加利綁成束，做出一個小小的擺飾花束。平常不太會為了自己擺飾花，可是今天很想要有花朵陪伴身邊。

這是個淡粉紅與淡綠色等中間色混合，色調溫和的花束。也是新娘捧花愛用的花材，自己肯定一輩子都用不上。

（……沒事。）

沒有受傷，只是正如一開始做出的決定發展而已。他知道會變成這樣，即使如此也無法阻止自己再次牽起清住的手。總是隨當下欲望擺布的結果就是現在這種下場，日和很明白是自作自受。

「……好，回家吧。」

就在日和從椅凳起身時，外面傳來敲鐵捲門的聲音，這種時間還有顧客上門嗎？

「請問哪位？」

不小心回應後隨即後悔。

「日和。」

呼喊他的聲音，根本無從錯聽，是清住的聲音。

「……」

「你來幹嘛」或「還有什麼事」等等的，冷淡推開他也可以，不過日和還是拉開鐵捲門上的小門。除了在意可能有記者，最重要的是如果他還無法接受，就得好好談談。

十年前，因為日和自己誤會而弄壞了兩人的關係。雖然日和這次從一開始就做好打算，但清住肯定不知道日和如此打算。這一次非得和他好好說清楚才行。

「怎麼了嗎？」

總之想讓清住先進來，日和往店內退後一步的瞬間，清住硬闖進來，順手鎖上門。這為了慎重起見的行為一點也不奇怪，但日和有很不好的預感。

「章吾學長？」

再往後退一步。連日和也能清楚感知，清住正肆無忌憚釋放alpha的費洛蒙。苦澀的成熟男人氣味——清住自己的氣味與極濃郁的甘甜醇熟香氣交雜。應該不具費洛蒙受器的自己為什麼能感知這個呢？本能的恐懼與緊張讓日和無法動彈。

清住抓住日和的手往身前拉，啃咬他的雙唇。

「嗯……唔……！章…………！」

不管怎麼掙扎，又推又拉，清住就是紋風不動。

日和沒辦法咬下探入口中的舌，他是演員，日和絕對不願做出會妨礙他工作的事情。清住仗著日和的體貼，蹂躪日和口中每個角落。

「嗯、嗯嗯……唔……啊、呼……！」

舌尖滑過上顎，撫過貝齒，流入唾液。他的唾液如蜜般甘甜，讓日和昏眩，就像直接飲下費洛蒙。明明不可能啊——beta的日和根本無從感受。

激烈親吻讓日和身體發軟，清住的alpha本性就是如此強烈。讓日和深刻體認清住先前有多麼珍視他。即使兩人力量有如此壓倒性差異，清住卻允許日和與他平起平坐。

「哈……，啊、不、不行、不可以，開玩笑的吧……」

清住的手扯開日和褲子前襠。

（在這種地方。）

光是在店裡都令人難以置信了，眼前是鐵捲門，一扇門後就是大馬路。日和慌張起來。

「不可以，不行，住手，在這邊會被外面聽到……章吾學長，拜託你，不可以在這邊，章吾學長……！」

日和拚命懇求，清住的手從日和的褲子上挪開。彷彿亢奮的猛獸，用力擺頭。接著抱起日和，穿過觀葉植物的枝葉，一轉眼來到花店正中央的工作檯旁。

「哇。」

日和被拋上工作檯。

清住手放在日和褲子上，把日和下半身往工作檯下扯，順勢把褲子拉到大腿中段。日和雙手抵在工作檯上，朝清住抬起臀部。清住急迫地用手指分開日和的臀瓣。

「別……不要、別這樣，章吾學長！」

「日和。」

日和不停掙扎，清住壓在背上呼喊他的名。明明暴力相向的人是清住，聲音卻盈滿泫然欲泣的哭聲。

「日和，別拒絕我，別拋棄我。」

「我不會，不會那麼做。」

「但是，你說你不要和我見面了。」

「啊……嗯……唔……等、不行、慢一點……」

清住手指隨意擴張後，強硬插入。他的性器本就巨大，尚未舒展開來的身體無法輕易接納。

「等等、等一下、好痛……痛、好痛……」

剛硬物強行撐開日和的狹窄內徑，日和的手緊握工作檯，強忍這高中時代也不曾有過的強硬交合的衝擊。

這種時候，日和會深刻體認自己是beta男性。

如果是天生能接納alpha的omega，如果是本來能接納男性的女性，就不會如此痛苦了。這分痛楚，是懲罰不知天高地厚談這場戀情的自己。

如此一想，胸口痛得落淚。

「……嗯……唔……啊……」

好不容易頂入最深處後，清住一口咬上日和後頸。

「痛——！」

好痛。但日和的胸口更痛。性事中無法忍受咬後頸衝動的清住，令日和無法不想，他需要的果然是omega。可是為什麼要對自己做出這種舉動。

「……唔。」

好痛、好難受、好苦、好悲傷。這或許是最後一次——肯定會成為最後一次，明明被最愛的人擁入懷中，日和卻開心不起來。身心都逐漸裂成碎片。

發現日和正無聲哭泣，清住這才恢復神智。

「……日和。」

清住驚慌失措，補償地撫摸日和的頭和身體。感覺這舉動真的讓疼痛舒緩不少，日和自己也中毒甚深呢。

「稍微、等一下……等我習慣。」

日和手貼上清住的右手，擠出聲音。清住從背後緊抱住他。

「日和，我喜歡你。」

不加修飾的一句話落下，這不是誰寫出的臺詞，而是清住自己的話。

「我一直喜歡著你。從第一眼見到時就很在意你，在一起之後變得無法離開你。就算分手，就算分離，除了你以外我不想要其他人。不管omega、alpha還是女人，世上哪裡都找不到取代你的人。但是，你又要拋棄我嗎？」

絕望的聲音與語調刺痛日和的心，日和也不想和清住分手，更別說要拋棄清住了。

「……章吾學長，你先出去一次。」

「……」

清住無言搖頭，日和輕撫緊擁自己的雙手低語：

「好好來好嗎，我想和你面對面。」

——因為這或許是最後一次了。

「……」

清住緩緩起身，慢慢抽離日和的身體，換了姿勢。他低頭看著日和的表情，宛如受傷的孩子。

「章吾學長。」

日和伸出雙手，細語「過來」。他又彌補地拿凡士林塗抹該處，再緩慢回到日和體內。

眼角看見瑟露花搖曳。這是日和最重要的店裡的工作檯，是日和工作的地方。而日和允許了清住在這裡抱他。

「啊…………」

緩慢地、緊密地回到最深處，喉頭顫動。那不是尖聲嬌吟，而是從更深處不自主流洩而出的聲音。一瞬間，淚水從眼中滑落。

「日和。」

「沒事。」

日和輕輕搖頭後微笑，雙手環住清住頸項，將他拉近。清住微苦性感的氣味掃過鼻尖。日和心想，好喜歡啊。

（好喜歡你。）

日和真實無偽的心情。

與男、女，alpha、beta或omega都無關，只是中谷日和這個人，喜歡清住章吾這個人。

（啊啊，原來如此……）

可以斷言這分心情是真心的純粹好感，是不被alpha費洛蒙或omega本能影響的beta日和才能說出口的話。

這是beta日和的愛的證明。

（好喜歡你。）

就算沒人認同，就算沒辦法對他說，只有日和知道。

「……日和？」

清住突然露出不知所措的表情，日和用眼神問了：「什麼？」但清住一句「……沒事」含糊帶過。

被緩慢展開的律動與快感吞噬，日和立刻忘了這件事。

「啊！……啊、啊、那邊……那邊，好棒……」

「這裡嗎？」

「咿……！」

性器前端確認似的，朝前列腺稍微深處，日和最近最敏感的部位頂壓。

日和一口氣喘不過來，往後仰。體內抽動痙攣，又加以絞緊清住。

「日和……！」

「啊、不行，要射了……！」

又再次被強力頂弄，日和的硬挺噴出透明液體。

「啊、騙人、騙人……」

雖然那部位之前也很敏感，但曾有如此強烈的快感嗎？不知所措與羞恥的表情煽動清住的邪惡情欲，他又更用力地頂壓。

「啊、別、不要、不要了……又來了、又要……會瘋掉…………」

每次頂弄都讓日和輕微高潮，反覆這甜美的快感。

最後，在日和終於連喘息也辦不到時，清住腰背一震。

「日和……！」

用力抱緊日和，往日和最敏感的部位一頂後射出。

「…………唔…………唔。」

好舒服。只是被射了滿肚就好舒服，舒服過頭，整個人輕飄飄的，淚水滑落。

「我愛你。」

對漫長射精中傾吐的愛語點點頭。

日和無法回應相同一句話，不過非常、非常高興。

聽見陌生的鈴響，日和微微睜開眼。熟悉的店裡。已經過多久了？一瞬間無法掌握時間感，但早晨氣息從鐵捲門的縫隙偷溜進來。

（啊──……今天無法工作了吧。）

邊這樣想邊試圖起身，可是他辦不到，全身像灌了鉛一般沉重。

勉強還能移動的指尖，感受被包覆在溫暖中。前方是張熟悉的美男子容顏。店內調暗的微弱光線照射下，在憔悴仍端正的容顏打上陰影，美得令人不禁嘆息。

「章吾學長。」

自己呼喊他的聲音極為嘶啞，日和不禁失笑。都快三十歲的大人不適合這種性愛啊。

「工作嗎？有人找你？」

問了剛剛的響鈴，清住有點猶豫：

「對，是鬧鈴……」

「快去工作吧，『Mr. α』。」

故意這樣喊他，眾人理想中的完美alpha。演員「清住章吾」，隨時隨地都得保持完美。不能露出任何疲態，更不能遲到。得要爽朗地、瀟灑地現身工作現場，表現出完美演技。

日和對著皺起臉來的清住笑：

「啊，但在那之前，熱水……可以先給我一點熱開水嗎？然後，扶我起來。」

「我知道了，你等等。」

清住先走到後場的茶水間煮開水，再來扶著日和後背，幫助他起身。從清住手中接下馬克杯喝了一口熱水，大概是從體內冷到外吧，清楚感受溫熱液體滑過身體內側。

日和呵呵笑了。

「你已經完全融入這裡了耶。」

直到幾個月前，彼此都不知對方在哪做些什麼，他甚至連日和開了花店也不知道。

鬧鈴聲再度響起催促兩人。

「啊啊，快點，你會遲到。」日和催促他。

「日和。」

「與其叫計程車，你走去車站或飯店比較快，路上小心。」

「日和，對不起。」

日和對他的道歉苦笑，緩緩搖頭。

「你不需要道歉，和你上床，我從來沒有不情願過。」

為了送即使如此仍不願離開的他出門，日和勉強起身。

「快點去。」

「日和。」

「真是的，怎麼了啦？」

「我愛你。」

打開鐵捲門前，清住低語著給日和一吻。

「我再連絡你，你要保重。」

「知道了啦。」

其實連催促他「你快點去」都無比痛苦，靠在柱子上對走出鐵捲門的他揮手，門關上的同時，日和當場滑坐在地。

頭暈目眩，呼吸急促，脈搏比平常更快，腦袋裡響起的巨大鼓動聲簡直可謂暴力，額頭汗水噴發。

不禁自嘲。

（真的是，都二十八歲了到底是在幹嘛啊……）

調整呼吸，為自己打氣後再度起身。拖著隨時會倒下的身體好不容易抵達後場的沙發，連絡加藤和嶋要臨時休息。好險今天剛好沒有急件。雖然這對店裡業績不太好，但今天真的無法工作。

關閉手機電源，日和就這樣昏厥般陷入沉睡。

5

「生殖性別科嗎？」

聽見出乎意料外的科別，日和睜大眼睛。

從那天後過了約莫三週。

那天搞壞身體的日和關上店，在後場沙發上睡了一天。發燒、暈眩、心悸、呼吸急促、冒汗、倦怠感。他以為每個症狀都是和清住荒淫一晚的結果——實際上應該也是如此，但他太晚因應了。

加藤隔天早上來上班時發現日和倒在沙發上動彈不得，日和就這樣被她塞進計程車裡直奔醫院。幾乎一整天沒吃沒喝，原本的不適症狀又加上脫水，當天立刻住院。

然而日和住院後身體狀況也沒好轉，雖然透過點滴解除脫水症狀，但其他症狀持續，檢查後也不清楚原因。醫生診斷為壓力造成的自律神經失調，讓他拿藥回家，可是除了上洗手間之外根本無法起身。這種狀況獨居令人不安，雖然丟臉還是回老家去。

Plants shop花日和目前由加藤代替日和營業。雖然日和說了「可以暫停營業也沒關係」，但除了指名日和來做的工作外，加藤全都能穩妥做好。先不論切花，觀葉植物及沼澤缸，特別是不能丟著烏魯不管，這真的幫了大忙。

清住每天都會傳LINE給日和，似乎也到店裡好幾次，不過聽說加藤用「我也不知道店長人在哪」趕跑他後，他也沒再到店裡了。看見他「**你人在哪？**」「**我想見你**」的訊息，日和稍微覺得他有點可憐。

——我愛你，別拋棄我。

那晚悲愴的懇求聲仍留在耳邊。不該出自「Mr. α」的這句話，讓人好想答應他。但就算是這樣，日和也不知該怎麼做才能實現。

不管怎樣，現在的日和也沒有去見清住的體力，所以回了「我現在身體狀況不太好，等我恢復之後再連絡你」，接著收到成堆擔憂的訊息。雖然心懷感激，但希望他可以安靜一下。

身體不適後第三次就診時，醫生提議到生殖性別科就診。這是因為血液檢查之後，判定他的性別為omega。

「不對不對，這不可能，說我是omega……」

日和喃喃自語，手上拿著院內轉診單在醫院裡走來走去。不只因為不常來這家醫院，搞不清楚各科別位置在哪，更因為醫生告知的事實讓他混亂。

簡單形容，就是直到昨天都還是A型，今天早上起床突然變成B型。與初精幾乎同時接受生殖性別檢查判定為beta至今將近二十年，一直深信自己是beta啊，更正確來說，毋庸置疑就是beta。日和滿腦子「為什麼？」

但在生殖性別科檢查的結果相同，隔週從醫生手上接過有omega專科門診的大學醫院的轉介單。

在專門研究生殖性別的大學醫院裡檢查的結果仍相同，不僅如此，日和還在此得知一個驚人的訊息。

「中谷日和先生，你在十一歲時被判定為beta，實際上也以beta身分生活到現在。」

主治醫生確認時，日和點頭說「對」。

帶著眼鏡的初老主治醫生，與其說醫生更像研究學者。他推高銀框眼鏡，深感興趣地看看電子病歷又看看日和，接著說出診斷結果。

「但你的身體現在正逐漸轉變為omega，更正確來說，已經幾乎是omega了。」

「怎麼可能……」

即使做過多次檢查，日和心裡仍感覺難以置信，但他的心情遭到背叛。

「生殖性別會改變，根本沒有聽說過這種事情啊。」

聽見日和虛弱反駁，醫生又再次推高眼鏡。

「並非沒有前例。只是全世界案例很少，發表後可能會造成議論，所以一直被隱瞞下來。最近漸漸開始在學會中有相關報告，話雖這麼說，國內也還僅有幾例……」

「……這麼罕見嗎？」

「雖然尚未完全解明，但現在可知的是生殖性別的轉變，需要基因以及生活環境的幾個條件。而這些條件很難全數到齊。」

醫生邊把英文論文的副本拿出來邊說明：

「自然界原本就有雌雄性別的『性別變化的社會性調節』這個機制，簡單來說，就是雌雄一方的數量不足時，較多的那方就會透過改變性別來調整平衡，而相同機制似乎會發生在人類的生殖性別上。」

「這樣啊……」

這太遠離日和的專業，完全跟不上。而且話題太過跳躍，還沒辦法接受這是發生在自己身上的事情。

不過醫生還是繼續說下去：

「中谷先生，你接下來要以omega的身分活下去，生活型態與意識的變化可能讓你困惑，但包含心理層面在內，我們會有專門的醫療團隊從旁協助。」

聽到醫生這樣說，日和才突然驚覺。

（對耶，說起omega，那不就是會發情也會懷孕嗎……！）

據說三個月一次的發情期該怎麼辦才好——聽說只要吃抑制劑就能過著和beta無異的生活，可是另一方面，儘管omega相當稀少，幾乎每天都會在新聞上看見omega恐攻、強暴等和他們有關的性犯罪。

「雖然這樣說，你和天生的omega相比，應該不會那麼辛苦。」

沒頭沒腦的一句話讓日和嚇一大跳。

「咦？為什麼？」

「現在已知像中谷先生這樣從beta轉變為omega，其中受到強大的alpha費洛蒙作用。而且不是一、兩次，這是與特定alpha有長期肉體關係，持續接受費洛蒙及精子後才會有的結果，也可說是強大的alpha創造自己的伴侶。因為這樣，從beta轉變為omega的人，轉換性別後的狀況相對安定。你也已經和對方成立標記關係，所以今後也不需要擔心發情的問題。」

「標記……?!」

日和驚愕。

「標記……請問，是alpha咬omega後頸後會成立的那個……？」

「沒錯。你應該和伴侶的alpha之間有過類似的行為吧。」

醫生平靜地點出這點，日和忍不住用右手押住後頸。

（那個人的確有咬過。）

臉頰瞬間漲紅。因為自己是beta，日和並不太在意被清住咬後頸這件事，只是以為清住本能想要標記omega而已——

醫生只是單純點出事實，他用著「果然沒錯」的表情點點頭。

「你現在的賀爾蒙狀態顯示，你是有伴侶，且懷孕中的omega。」

「喔……啊?!懷孕?!」

「對，懷孕。」醫生點點頭。

「雖然順序相反了。恭喜你，你現在懷孕五週。你的肚子裡已經有個新生命了。」

醫生如報佳音般說完後，日和終於沉默了。

不管是轉變為omega，或自己肚子裡正懷著孩子，都沒有絲毫真實感。不久前還是不折不扣平凡beta男性的自己腹中有喜？

手不由得貼上肚子，低頭看。

（這裡……？）

真的有嗎？有自己和清住的孩子？

「如果知道孩子的另一位父親是誰，還請連繫他。我們會一同協助兩位。」

醫生這句話讓日和突然驚醒。

「不，那個……」

人選只有清住一個，但日和自認為——他們已經分手了。

醫生看著沉默不語的日和說：

「不管有怎樣的狀況，如果你決定要生下來，我們就會全力支援。不管怎樣，現在要讓賀爾蒙安定下來，盡可能排除性別轉換造成的身體負擔，趕快恢復體力，這些對你和肚子裡的孩子來說才是當務之急。所以說，要住院囉。」

說著說著，當天便決定住院，幾小時後，日和坐在病床上呆呆眺望窗外。

omega 專屬住院大樓的病房全為單人房，omega 這個生殖性別的因素，病患的狀況也特殊，所以嚴正保護病患個資。

手上掛著點滴，日和心想「好閒喔」。變成 omega 的自己、工作、清住，以及最重要的是肚子裡的孩子……明明有好多事情得思考才行。

（不行，太多事情要思考了……）

他連該從哪件事情思考起也不清楚。

但醫生開出的賀爾蒙安定劑的效果絕佳，打完點滴時，身體睽違好幾週的神清氣爽。燒退了，也不會暈眩，下腹部也不痛了。

「……也就是說，這些全都是真的啊。」

身體證明了這點。雖然覺得「傷腦筋了呀」但也無能為力。當身體狀況好轉後，心情也樂觀起來。

「可是，omega 啊……」

老實說，日和真心覺得是怎麼回事。儘管替他辦理住院手續的護理師，基本上簡單衛教了「何謂omega」，除此之外的知識全停在高中的健康教育階段。

omega僅占全世界人口一到兩%，是「懷孕性別」。男女皆有子宮，約莫三個月會有一次發情期。Omega的發情香會吸引其他性別——特別強烈吸引alpha，會強制對方發情，反之亦然。Alpha在性行為中啃咬omega的後頸，就能標記對方，建立起一對一的伴侶關係，這個羈絆比婚姻關係更加牢不可破。

（……這樣說來，我也被標記了……）

回想起主治醫生說的話，日和獨自紅了臉頰。

「真的假的——」

壓著自己的後頸垂頭喪氣。

不知道該如何是好。

把日和的身體變成這樣的人，毋庸置疑就是那個「Mr. α」。根據主治醫生表示，不是非常強大的alpha，就沒辦法將beta轉變為omega。

（嗯，不管是誰都會認同他是alpha中的alpha。）

變成omega這件事已經無從改變，而日和一開始已經被伴侶標記，也就不需要擔心突然發情造成身邊人們的困擾。

他當然會生下孩子。為此得暫停工作才行，但他覺得這也無可奈何。把店交給加藤管理也行，或是暫停營業也沒關係。要是有個萬一，雙親的店應該會聘回加藤，不過得請嶋去找新的打工了。

「問題就是你爸爸了……」

日和摸著肚子仰頭望天。

演員「清住章吾」，全日本的女性、omega，就連beta男性也無法不崇拜的，理想中的「Mr. α」

日和並沒有要為了他離開，或甘願隱身不見光等宛如過去演歌內容的想法。日和有選擇自己人生的自由與責任。如果可以，他想要平凡地活得快樂、幸福。幸運一點，這個人生能有清住相伴當然最好。可是清住放棄演員就沒辦法活下去，日和只是他演員人生的絆腳石。他們的人生雖然兩度交錯，但不能互伴終生，日和明明是這樣想的。

（標記……孩子…………！）

這些該怎麼對清住說明啊？日和根本沒想過自己會變成omega。不知何時成立的標記關係，以及日和肚子裡有他的小孩，這些對清住來說都是晴天霹靂的消息吧。

標記關係無法由omega解除，但可能由alpha解除。這樣一來，應該就能不造成他的困擾了。不過對肚子裡的孩子來說，父親只有清住一人啊——

（啊，但我變成omega了，也表示世俗眼光這堵高牆消失了耶……）

不僅如此，「在『Mr. α』追求下，只為了成為他的伴侶而從beta轉變為omega」這戲劇性發展，或許可說最吻合社會大眾期待在「清住章吾」身上看到的劇本吧。

（可是，這會不會有點太自說自話了啊……？）

那樣堅持alpha、omega之分，現在才說「雖然beta配不上你，但我現在變成omega了，就請你多多指教」也太厚顏無恥。同時也想「不對不對，好不容易變成omega了，就大大方方地和他成為伴侶不就好了」。

「到底哪個才是正確答案……」

十年前的日和，對配不上清住的自己沒有自信，甚至不敢與他正面對峙。十年後，日和有自己的世界與工作，也有了自信。第二次戀愛很開心，但是以分手為前提而開始的關係。自己膽小又懦弱。明明理解清住的孤獨與苦惱，仍二度拋下他。事到如今果然還是不能說出「我變成omega了，今後請多指教」這種話。日和如此感覺。這太對不起清住了。

「但是只有你，我會好好保護你。」

邊摸肚子邊輕聲說。

只有這孩子絕對要生下來。或許會變成單親家庭，不過自己會連同清住的分加倍愛孩子，日和下定決心。

下午五點，護理師來量體溫和問診。體溫睽違數週回到正常讓日和鬆了一口氣。與之同時，他也明瞭生殖性別轉換帶給身體多大負擔。不僅如此，甚至還懷孕了，這原本一輩子不可能發生的事狠狠嚇身體一大跳吧。

閒來無事的日和打開電視開關，隨便轉頻道——下一秒，熟悉的臉孔突然出現在畫面上，讓日和差點整個人往後仰。

「咦，什麼，章吾學長？」

清住雖然是藝人，但他堅持在「演員」工作上，除了電視劇之外，只有在宣傳期會在談話性節目上稍微露臉。能在資訊類節目上看見他本就稀罕，日和不禁盯著電視看。

清住站在臨時搭設的布景前，所以並非媒體聯訪，似乎是宣傳什麼東西順便。

（啊，是那本寫真集啊。）

由日和負責花藝布置的寫真集。根據字幕所言，在男性藝人寫真集中，史無前例尚未發售即銷售一空，所以緊急決定再版。

但對他提出的問題，是相當罕見的低俗內容。

『清住先生，聽說你現在有交往對象。』

『寫真集中也收錄了以「和情人共度的時光」為主題的照片，請問你是想像著對方拍攝的嗎？』

『請問對象是？果然是omega嗎？』

日和忍不住驚呼「哇……」令人倒退三尺啊，毫不顧慮敏感的生殖性別問題。熱戀報導的出處大概是前幾天的影劇記者吧，但這也太超過了，明明沒有確切證據就引起如此騷動。

「中谷先生，晚餐時間到了喔。」

護理師端來晚餐，順著日和盯著電視螢幕的視線看過去，不禁脫口：

「啊啊，是清住章吾。聽說是驚天動地的戀愛呢，好羨慕對方喔。能得到那個『Mr. α』說是『唯一的愛』的深愛，太羨慕了。」

「咦？啊，是這樣嗎？」

「就是啊。資訊類節目從中午起就全是這個話題。聽說對方是beta男性，因為在意自己的性別，不管清住怎麼追求都不肯回應，但他說他只要這個人……」

「這樣啊——……」

日和隨口應和，佯裝在看電視。現在畫面中的美男子，正親口說出剛剛護理師所說的話。帶著哀傷的表情，讓觀眾看得揪心，一種站出來批評「太噁心了吧」也需要很大勇氣的氣氛。

實際上，現在護理師也看畫面中的他看入迷了。

「真棒，他這麼帥卻專情一個人十年耶，真是的，這個人到底有多完美啦。我啊，這本寫真集買了三本呢。一本觀賞、一本保存、一本傳教。」

「可是，怎麼說……這個人有喜歡的人對吧，這也沒有關係嗎？」

日和這問題讓護理師睜大眼，「哎呀，你說什麼啦」還揮了一下手。

「他長這麼帥，當然有很多認真把他當戀愛對象的人啦，不過他本來就不是會用附贈握手券這種方法來賣寫真集的人。單純喜歡演員的他的粉絲，應該很支持他喔。一直以來都只有謠言程度花邊新聞的人，其實喜歡一個人長達十年，而且還是單戀耶。」

「……這樣啊……」

一句「謝謝妳」差點脫口而出，好不容易才吞回去。

（真是的……那個人……）

到底要對大眾說多少啦，而且還沒經過日和的同意。

就在日和感覺自己臉紅的那時，聽到外頭走廊傳來嘈雜聲。

「怎麼了嗎？」

「我去看看。」

護理師說完打算走出病房時，病房門從外面被拉開。

「啊，不好意……」

差點撞上人的護理師道歉的話突然斷掉。

「咦……咦、咦咦……?!」

護理師認真地從頭到腳打量對方，且重複了無數次。

「清住章吾?!」

「……章吾學長。」

如假包換，正是剛剛還出現在電視畫面上的他。

一絲不苟的米色大衣，搭配深灰色的三件式西裝，以及黑得發亮的皮鞋。雖然不是加藤，但這完美無缺的打扮也耀眼得日和無法直視。而且他右手還拿著一束白色帝王花與瑟露花的豪華花束。

（哇——……）

帥到讓人想對他伏首稱臣。他這身打扮走到這裡，也難怪住院大樓一陣騷動了。

「……呃、哦？咦？不是剛剛才……?!」

日和不禁回頭看電視，畫面已經開始播放「好吃泡麵特輯」。

「那是今天白天的採訪。」

「啊，是這樣啊。」

「你看起來還真不錯。」

清住真心不悅地說著。他在生氣。從不曾見他如此生氣過。日和不由得說了「托你的福」後笑了──就在此時。

「哇……?!」

清住釋放出讓人感到壓力的費洛蒙，護理師手邊費洛蒙計的警報聲大響。沐浴在幾乎令人昏厥的發情香中，日和的身體瞬間發情。

「……唔……哈…………！」

好熱、好痛苦、好想要、好想要，好想被插入身體深處。好想要清住的陰莖插進來，射滿子宮──

強烈的飢餓感與席捲而來的熱意，日和子宮收縮，呼吸紊亂。

（啊，不行。）

日和瞬間用手壓住下腹，不可以，不能發情。因為日和的肚子裡——

「中谷先生！」

護理師飛奔而來，掀開日和的罩衣，往他的大腿注射緊急抑制劑。藥劑隨著血液流過身體，立刻緩和發情症狀。

「……唔……嗯……章吾學長……」

「清住先生，你是怎麼回事，這裡是omega專用住院大樓，alpha必須先在櫃檯服用抑制劑後才能進入。」

護理師嚴厲地斥責他並伸手朝護士鈴探過去，日和抓住她的制服搖搖頭：

「沒有關係，不好意思。」

「但是。」

「我有服用抑制劑了。」

清住淡淡說道。「咦？」日和與護理師皆一臉困惑，清住剛剛朝日和釋放的，毋庸置疑就是alpha的誘惑香啊——

「日和。」

清住靠近病床，用帶著各種情緒的聲音呼喊日和。日和有點緊張地回「是的」，抬起頭和清住對上眼。

「你是『為了我而生的omega』，對吧？」

連強效抑制劑也毫無作用，特殊關係的alpha與omega。「命定之人」原本是自然產生的配對，但日和為了他轉變為omega。扭曲「命運」的，是清住近似偏執的愛。

日和不禁軟軟一笑，他仍舊這麼有自信，根本沒想過會被否定。回想起來，他只有對日和與演戲十年來如一日。

「如果你願意接受omega的我。」

日和點頭，清住用力擁抱他。

「日和、日和，我愛你。」

「……嗯，你的死纏爛打贏了。」

「我終於得到你了。」

「Mr. α」緊擁為了他而生的omega，落下男兒淚。

「你為什麼沒有連絡我。」

日和對清住的指責苦笑。

「我有回信啊，身體一直很不舒服。最近這一個月幾乎完全無法出門……現在回想起來，大概從別人說『有股香甜氣味』開始，身體已經一點一滴在變化了。」

「那麼不舒服嗎。」

坐在床邊的清住憐恤地摸摸日和的額側，日和安心地嘆息，這分溫暖好舒服。而且感覺身體狀況也變好了，心靈安定如實反應在身體上。

「現在……正確來說是今天開始住院治療，打了安定劑的點滴之後已經好很多了。但昨天之前，頭暈目眩，又發燒又想吐，身體好重很不舒服。這也是當然啦，身體用自己的資源在轉換性別嘛。現在想想，我十年前病倒那時，好像也是相同症狀耶。」

「……這樣啊，讓你辛苦了。」

清住說著露出奇妙表情，但下一個瞬間感慨萬千地緊擁日和，呢喃「你是我的伴侶」。

「好啦好啦，我是你的omega。你擅自轉換了我的性別，請你要負起責任。」

「這是當然。」

聽見清住秒答，日和笑著也打從心底安心了。他沒想到清住會如此喜悅，真的鬆了一口氣。

「你知道多少啊？」

日和問清住是否知道beta可以轉換性別成為omega的事情。「什麼也不知道。」清住搖搖頭。

「可是你常常咬我脖子耶。」

「那是因為……怎樣都無法抑制這種衝動，還有就是，就算你是beta我也想要標記你。」

「什麼嘛。」日和苦笑。

「還以為你說了那麼多，結果還是想要omega。」

「不是，我想要的只有你一個，沒人能取代你。」

「……嗯。」

日和現在可以真心相信這聽過無數次的話，不管日和是beta或成了omega，清住的心意毫無變化。

「咦，那麼，那個專訪是……？」

「我那時還一無所知，只不過知道會被問那種問題，所以事先告知劇團『我要公開』，得到同意後才說。專訪結束後我立刻去了你父母的店，問出你在這裡才過來的。」

「你去見我父母了嗎？」

「因為加藤小姐和嶋小姐什麼都不肯告訴我。」

「你別生她們的氣，她們倆也不知道我現在在這裡。」

「我明白。」清住點點頭，環住日和肩頭拉近。感慨甚深地慢慢說出每句話。

「其實，我早就隱約發現，你從一開始就放棄要和我在一起。」

「……章吾學長。」

「雖然覺得你很笨，但也想只要花時間慢慢讓你理解就好。我需要一個放下『Mr. α』的『清住章吾』的地方。只有在你身邊才能辦到，我尋覓十年都沒找到到其他的。演員是我的生存價值，不過我沒輕忽工作，不會因為結婚這種小事被左右評價。如果即使如此仍無法獲得正當評價，那我也覺得沒必要拘泥透過電視、電影譁眾取寵。只是，就只有你，真的無可取代。」

「……嗯。」

日和點點頭，反手環住他的背。

眾人崇拜的「Mr. α」。但真實的他很敏感、很孤獨。如果清住允許日和認識真正的他，允許日和愛他，就是日和至高無上的喜悅。對日和，以及腹中的孩子來說——

「——啊。」

日和邊躺下這才想起來。清住理所當然地壓上來問著：「怎麼了？」日和雙手包住他的臉。

「恭喜你，明年，你就要當爸爸了。」

日和這句話讓清住瞪大眼，喃喃問：「真的嗎？」

「真的。」

「太高興了。」

清住再度緊擁日和。

這份幾乎要壓扁他的重量就是愛情的重量。自己對此相當高興，沒有任何問題。

眼前最大的問題，就是到底該如何安撫他抵在日和下體的亢奮。

6

「……好小喔。」

日和輕戳握著她的手，瞇起眼細語。皮膚嫩薄的柔軟手指，櫻貝碎片般的小指甲，真的全都小小的。或許是和自己的手指相較更感覺如此吧。愛憐之心不停湧上心頭，日和感動地發抖嘆息。

取名為「和花」的女孩，今天才剛和日和一起抵達這個家。喝完奶後，剛剛還心情愉悅地看著吊掛在天花板搖曳的空氣鳳梨，接著就這樣睡著了。

「睡了嗎？」

清住沖完澡只穿一件內褲走回來——喊他「清住」或許已不恰當，因為日和與和花也都冠上「清住」姓氏了。章吾探頭過來看嬰兒床，戳戳和花軟嫩的臉頰。

「和花。」

很珍惜地喊了名字後，情不自禁地呢喃「好可愛喔」。幾乎融化的聲音，與泫然欲泣的表情。「細細品味幸福」就是指這一幕吧，日和的丈夫是溺寵孩子的爸爸。

一個月前，日和剖腹產下和花。這是omega男性，且是從beta轉變成omega後的首次懷孕生產，孕期大半都在病床上靜養。和花也有發育不良的問題，產後母女一起住院了一個月，今天終於能一家三口回家生活了。

「日和。」

盡情疼愛和花一番後，章吾抱過身邊的日和。與他身上微苦的體味交疊，寧靜發散輕柔且肉欲的誘惑香，推升日和的體溫。

日和不禁染紅雙頰，現在已經能明確感知章吾的誘惑香。身體深處逐漸溼潤，渴望著自己的alpha。都生完孩子了，現在還說這種話或許有點怪，但日和再次體認自己真的變成omega了呢。從他成為omega那一刻起，他只知道章吾的alpha誘惑香與發情香。他也只為了誘惑章吾發情，名副其實，只為了章吾而生的omega。

章吾用指背撫觸日和臉頰，落下唇瓣，懇求日和許可般呢喃：

「我聽醫生說今天可以解禁……」

「我也這樣聽說……啊，等等，要戴套子，最起碼要避孕一年。」

「我知道。」

說完後，章吾抱起日和朝主臥室移動。

在三人生活開始前，關於寢室問題小吵了一架。日和認為絕對不能讓和花自己一個人睡，章吾雖然贊同他的意見但也不想自己一個睡。結果，為了讓工作時間不固定的章吾可以自由選擇在哪睡，他們決定主臥室維持原狀，兒童房裡擺進嬰兒床和雙人床。

在加大雙人床上，日和與章吾面對面互相擁抱。大手從當睡衣穿的休閒服衣襬探入，一轉眼褪去全身衣物。睽違已久的肌膚相親，舒服得幾乎叫人顫抖。

白皙且男性化的美麗手指碰觸日和下腹部的傷痕，一道猙獰仍帶紅的肉疤橫向劃過。這是生和花時留下的傷疤，章吾愛憐地撫摸傷疤，說著「辛苦你了」。

「嗯。」

產後至今，章吾無數次重複這句話，每每都讓日和好高興。知道章吾真心深愛日和與和花。

「已經不痛了嗎？」

「表面不痛了，裡面還有點怪怪的感覺，不過醫生說是傷口正在癒合。」

「這樣啊，那我盡可能慢一點、輕一點。」

日和不禁失笑。看似溫柔但絕不說「那不做了」，這就是章吾啊。但回想起來，最後一次是在店裡幾乎被他強迫的那次，之後都是沒有插入的互相愛撫，而且那也是半年前了，自從日和住院靜養後完全沒性生活。由此來看，總想碰觸日和的章吾相當忍耐了。

「章吾。」

呼喊他的名，吻他，有點害臊。接吻這件事本身次數算頻繁，可是前戲的親吻果然有種不同的感覺。

「章吾……好喜歡你。」

在親吻空檔如此低語，章吾愕然靜止。

「章吾？」

日和感到奇怪，探頭看章吾的臉，他白皙、姣好的面容逐漸染紅，視線不知所措。

「……你第一次說出口。」

「咦？什麼第一次？」

「說你喜歡我。」

「咦？是這樣嗎？」

日和沒有自覺，聽章吾這樣說嚇一大跳。但章吾聲調篤定地斷言：

「重逢之後第一次。」

（也就是說，他一直很在意啊。）

如此一想，感到好抱歉，又好令人憐愛。日和跪起身，緊緊抱住章吾的頭，在他額上一吻。

「對不起，我以後會好好說出口。」

說完後，貼上他的唇立誓。

「我一直、一直好喜歡你。即使知道beta的我配不上你，知道自己不知天高地厚仍無法控制，一直喜歡著你。」

日和輕聲道，章吾皺起眉頭笑彎嘴角。他又泫然欲泣了。

憐愛感滿溢而出，日和微微一笑：

「真是的。就算不說出口，我也已經用自己的身體證明了啊。」

從beta轉變為omega的必要條件，目前已知的就有四點。需要擁有潛在omega基因；需要和極強大的alpha有頻繁且持續性的性關係，接受對方的費洛蒙與精液；被該alpha咬後頸；最後一個，就是beta身心接受alpha的追求。

「說的也是。」

章吾又用著半哭半笑的表情緊緊擁抱日和。

「我愛你。」

章吾在日和耳邊輕喃，手指輕輕探入後穴。

「啊……」

男性omega的該處與性器官無異，渴望著自己的alpha而發疼溼潤。光溫柔撫觸就無比舒服，即使如此，章吾仍細心地塗抹大量潤滑液。摩擦沒帶來任何痛楚，只有舒爽感，只是噗哧噗哧的水聲令人害臊。

「嗯、嗯……，啊，章吾……」

日和攀住章吾脖頸，擺臀動腰。眼前白皙肌膚散發出的費洛蒙令日和痴醉。身體深處越來越溼，收縮的內壁引誘著他的手指探得更深，緊咬著要他別離開。

「啊、啊，這怎麼一回事……！」

做的事情明明與轉變成omega前無異，卻有什麼決定性的不同。身體、本能都渴求著章吾。無人能取代，專屬於日和的alpha。

「章吾、章吾……！」

幾乎尖叫出聲，章吾探頭看日和。

「怎麼了？」

「好喜歡，好想要，快點插進來。」

日和激動地邊哭邊懇求，好想要他插進來，好想讓他填滿身體。日和感覺自己身體內側瞬間噴發出什麼。

「——！」

章吾緊咬牙根，表情恐怖地忍過什麼後，笑了。

「日和，你這是故意的嗎？」

「什麼故意……？拜託，快一點。」

「是本能啊。」

章吾苦笑著抽出手指。

「啊，別……！」

在日和難受地不停發抖時，章吾戴好套子再次拉過日和的腰。

「過來。」

「……！」

要插進來了。一想至此，體內便跟著收縮蠕動。

「……嗯……！」

甜膩的肉欲擾亂氣息，章吾的硬挺貫穿蠢動的花穴中心。

「啊啊啊……！」

「……真棒……」

嘆息聲從章吾緊咬的齒間流瀉。但棒的是章吾啊，緊貼的內壁，隔著套子也能清楚感受章吾那物硬挺巨大的全貌，甚至能感覺表面血管的脈動。

「啊、啊，好棒，這、好棒，好舒服……」

「會不會痛？」

「嗯，完全不痛……喜歡，好愛這個，好棒、好舒服……！」

日和攀住章吾脖頸扭腰，體內逕自收縮，彷彿要搾取他的種子。

「可惡。」章吾怒吼，抓住日和兩條大腿，腰用力一沉。

「啊———！」

重擊深處的衝擊，日和的勃起噴灑白濁。前後都太舒服，讓他都快瘋了。

「章吾、章吾，喜歡，好喜歡……」

好喜歡，一直喜歡著，可以成為僅屬於你的omega，好高興。彷彿受不停高潮的身體影響，連心也跟著感到舒服。

「喜歡。」

邊哭邊接吻。由下往上頂弄的章吾，用力咬緊牙根。

「我愛你。」

頂入日和身體最深處，章吾也說出熱切愛意。

插入的性愛節制只做一次，日和用嘴安撫章吾仍無法消退的亢奮。不確定那對日和的身體來說是否為「慢一點、輕一點」，但對章吾來說確實如此。

一回到兒童房，看見手機顯示通知。邊躺上床邊滑開一看，忍不住噴笑。

「怎麼了？」

「沒有啦，這樣說起來你說今天會公布。」

日和邊笑邊讓章吾看ＬＩＮＥ的畫面，那是幫忙看店的加藤和嶋傳來的祝賀訊息。上面有「**清住章吾，結婚報告**」的新聞連結，兩人滿臉笑容的照片，以及「**恭喜！**」的文字。章吾輕描淡寫用一張傳真解決的結婚報告，現在似乎正傳遍了日本社會。

「真的可以嗎？不在金色屏風前召開結婚記者會。」

「如果日和願意和我一起，我就考慮一下。」

「我不是說過，不想被全日本的女性和omega怨恨。」

雖然用這句話拒絕，但日和已經做好覺悟了。

日和為了章吾變為omega，如果為了他與和花，就算被全日本的女性及omega怨恨也無所謂。當然，最好別有這天到來。

「加藤和嶋說要送我們結婚賀禮耶，章吾，你想要什麼？」

日和一問，章吾回答：

「我想要鹿角蕨，掛在店門口那種大的。」

「啊啊……」

自家的叢林化似乎沒有盡頭，不過這也是有高級公寓的超高性能空調才能享受的奢侈。

「可以是可以，但那個澆水挺辛苦的耶。水會流得滿地都是，所以得拿到浴室或陽臺澆水，要搬來搬去的也很重。你要好好照顧喔。」

說著說著湧上睡意，日和打了個哈欠。

「這是當然。」章吾回答後，在他身後的和花可憐地嚶嚶一哭。是差不多該吃奶了嗎？還是尿布溼了呢？新手媽媽日和還沒辦法分辨哭聲。

「好啦好啦，來了來了！」

日和搖搖晃晃試圖起身時，「你躺著。」章吾把他壓回床上。雖然生子的是日和，但他沒辦法產乳，所以由章吾或日和來照料嬰兒沒太大差異。疲倦之時，丈夫的貼心令他感激。邊沉入床單中邊道歉：

「不好意思，拜託你了。」

「我明白。」

章吾悄悄地，富含深意地一笑，在日和額頭上一吻。

「晚安。」

「晚安。」

微不足道的互動中，塞滿了這世界全部的幸福。

與外界的騷動相反，這是寧靜且富足的夜晚。

——全書完

後記

大家好，衷心感謝大家購買拙作。

作家生涯邁入第十一年，這是我第一本ABO作品。英文中有「Mr. Right」這個慣用詞，是「男性中的理想結婚對象」的意思，那麼在有生殖性別的世界當中，肯定會出現「Mr. α」這個詞吧……這個故事，就是從這種想法中誕生的。

一般來說，ABO中的alpha都會被描繪成強攻者。本作品中的攻，清住也被稱為「Mr. α」，雖然這樣說，他仍是少數派。或許是絕對多數的beta更加頑強，享受著安穩的幸福吧，我從很久以前一直有著這種疑問（雖然責編說「遜咖攻是你的性癖耶」，但不僅如此）。

所以說，小受日和是個非常普通的beta，順從自然，柔韌地滿足於自己的生活。在隱約開始構思這個故事當時，原本預定小受在生殖性別轉變後會開始逃跑，暗自生子，可是在與日和相處的過程中，覺得「這個小受感覺不會做出悲劇性逃避行為耶」（除此之外，雖然清住很遜，但他應該也沒遜到會讓日和兩度逃離自己……）故事發展也因此轉變方向。

這是我第一次寫說出「要當炮友也行」的小受，不過我非常喜歡日和這樣態度輕佻的人。希望各位讀者也能喜歡上他。

這一次有幸邀請アヒル森下老師繪製插畫。

其實在寫大綱之前，已經得知可以委託老師作畫，讓我想著「如果有幸請老師繪製這樣閃閃發亮的角色，那就要寫出閃閃發亮角色們的故事啊」，所以才選擇光彩炫目的職業。「Mr. α」從字面上來看一點也不華麗，但老師筆下的清住也太有說服力了吧……！日和也畫得比我想像中的更加輕佻，超級可愛，太開心了！真的非常謝謝老師。

對於責任編輯，（平常都是承蒙他關照）這次真的帶給他很多的困擾。「我會把身體可能不適，可能有突發狀況列入考量後安排日程！」這是我第十一年的反省，也是新年立下的誓言。今後也請繼續關照。

接著，最後要對各位讀者說。

我想，應該有許多人都對持續已久的防疫生活感到疲憊了。娛樂是精神糧食，但與生存、吃飯、生活等事情相比，優先程度理所當然會降低。在這之中，大家願意選擇拙作為重要滋潤的一員，真的衷心感謝大家。本作品，是我抱著「希望大家可以在虛構故事中忘記現實，開心樂在其中」想法創作的。

希望大家可以度過愉快的閱讀時光。以及，衷心期望可以跨越這個難關，再次見到平安健康的大家。

令和三年二月　夕映月子

高寶書版集團
gobooks.com.tw

CRS028
Mr. α

作　　者　夕映月子
封面繪圖　アヒル森下
譯　　者　林于楟
編　　輯　薛怡冠
美術編輯　彭裕芳
版　　權　張莎凌
企　　劃　李欣霓
排　　版　彭立瑋

發 行 人　朱凱蕾
出　　版　朧月書版股份有限公司
Hazy Moon Publishing Co., Ltd.
地　　址　臺北市內湖區洲子街 88 號 3 樓
網　　址　www.gobooks.com.tw
電　　話　(02) 27992788
電　　郵　readers@gobooks.com.tw（讀者服務部）
傳　　真　出版部　(02) 27990909　行銷部 (02) 27993088
郵政劃撥　19394552
戶　　名　英屬維京群島商高寶國際有限公司臺灣分公司
發　　行　英屬維京群島商高寶國際有限公司臺灣分公司
初版日期　2023 年 7 月

國家圖書館出版品預行編目 (CIP) 資料

Mr.α / 夕映月子著；林于楟譯 . -- 初版 . -- 臺北市：朧月書版股份有限公司出版：英屬維京群島商高寶國際有限公司台灣分公司發行 , 2023.07
面；　公分 . --

ISBN 978-626-7201-70-1(平裝)

861.57　　112006245

朧月書版

朧月書版

GOBOOKS
& SITAK
GROUP©

GOBOOKS & SITAK GROUP©